忧伤

穿过
雨的忧伤
……

穿过雨的忧伤

游义平 / 著

云南人民出版社

图书在版编目（CIP）数据

穿过雨的忧伤/游义平著.——昆明：云南人民出版社，2024.1
ISBN 978-7-222-22205-2

Ⅰ.①穿… Ⅱ.①游… Ⅲ.①小小说—小说集—中国—当代 Ⅳ.① I247.82

中国国家版本馆 CIP 数据核字 (2023) 第 226354 号

责任编辑	武　坤
装帧设计	谢蔓玉　刘昌凤
责任校对	王曦云
责任印制	代隆参

穿过雨的忧伤
CHUANGUO YU DE YOUSHANG

游义平 著

出　版	云南人民出版社
发　行	云南人民出版社
社　址	昆明市环城西路 609 号
网　址	www.ynpph.com.cn
E-mail	ynrms@sina.com
开　本	880mm×1230mm　1/32
印　张	8.625
字　数	210 千
版　次	2024 年 1 月第 1 版第 1 次印刷
印　刷	涿州市荣升新创印刷有限公司
书　号	ISBN 978-7-222-22205-2
定　价	59.80 元

如需购买图书、反馈意见，请与我社联系
总编室：0871-64109126　　发行部：0871-64108507
审校部：0871-64164626　　印制部：0871-64191534

版权所有　侵权必究　　印装差错　负责调换

云南人民出版社
微信公众号

一次阅读，一次灵魂的洗礼。

自序

　　文字的魅力就在于它是人情感最直接的表达，是内心的一种诉说。而一篇精美的小小说，不仅让人回味无穷、身心愉悦，而且能给人灵魂上的洗礼、精神上的引领。这部小小说作品集充满哲理性，谱写了乡村振兴的乐章。在刻画基层人物形象的基础上，亲情的无私、友情的无价，表现得淋漓尽致；在描写生活场景的片段中，让语言闪现哲理的光芒。能给求知者、上进者、阅读者一点激励或片刻的放松时间，即是吾意。

　　在小说集的写作期间，笔者不断学习。特别是在鲁迅文学院西南三省青年作家培训班学习和重庆市中青年文艺骨干研修班的培训中，笔者得到了来自全国各地的著名小说家的指导，与全国各地的小说家一起探讨小说创作灵感，有了长足的进步，这也是此部饱含哲理的小小说集的产生过程。

　　开卷有益。愿，每一位读者，读的时候笑笑；掩卷后，会心地再一笑。那，便是这部作品的价值所在。

目录

第一辑 亲情，播洒遍地月光

孤独的酒客 /003

红月亮 /006

遍地月光 /009

烈日照射下 /013

送行 /016

第九个电话 /019

向下的眼睛 /022

画里画外 /027

红气球 /029

正版土鸡 /033

再见·隐药 /036

犯错 /040

就在你身边 /043

阳光下 /046

守望 /049

乡愁 /052

迎春花 /056

连心桥 /059

无声的誓言 /061

遇见 /064

就是一个座位 /067

第二辑 ● 路过，也是一种风景

一句话，一阵风 /073
春日彩虹 /076
村长的保证 /079
到你的城市，看雪 /083
招生工作 /086
棋痴马老三 /089
沉默不语 /092

第三辑 牵手,凝成团结松

尊严的别名 /097
称呼问题 /100
有空来坐坐 /103
一声叹息 /107
黑脸红脸 /110
我们也曾经犯错 /113
一场和钓鱼有关的招聘 /117
一张珍贵的罚单 /119
第九把刷子 /122
传染病 /124
路·路 /127
桃花雨 /130
站在散场后的舞台 /133
被举报成就的『省优』/135

第四辑 风雨，经历过后呈彩虹

种植一株花 /141

授权书 /145

在静静的河边 /148

倒计时 /151

真正的凶手 /154

小校长 /157

天下无嫡 /160

请别造谣 /163

归去来 /166

特别的门道 /169

断了丝的灯泡 /172

断足 /175

亮色 /178

山路十八弯 /181

危机 /185

一条失联的狗 /188

第五辑 ● 百味，掌舵航线小舟

迟到的赤松茸 /193
墙壁上有只猫 /197
专场演出 /200
聊斋 /203
天眼 /206
那是一场最初的告白 /209
春天桃李开 /211
夜色下的比熊犬 /214
小心，鸭子！/217
多久洗一次澡 /220
嘘，别盖过历史的声音 /222
穿过雨的忧伤 /225
一把铁锤 /229
井水有毒 /232
喂养在办公室里的鱼 /235
逃 /238
红色罚单 /241
丢失的月亮 /244
放风筝的老人 /247
你要到哪里去 /251
小王干事 /254
风往哪里吹 /257
扫烦礼 /260

05

第一辑　亲情，播洒遍地月光

孤独的酒客

　　快餐店很小，门外摆放了几张木桌，时间积累的痕迹使桌面黑里泛着几丝红色。

　　老耿头还没有走近方桌，热情的老板便迎了出来，这是个中年男子。他变戏法般地抽出一块抹布，在桌子上挥了挥，说道："您请坐，来点儿什么？"

　　老耿头发现，抹布的颜色竟然是和桌面一致的。老耿头收起正要往下坐的身子，向里面看了看，没有其他顾客。老耿头朝店里走了进去。

　　"一碟花生，一份小炒，再来一碗汤。"

　　"好咧！"老板高兴地应了一句。他知道，这是要自斟自饮。

　　"再来点儿什么酒？"老板抬手指了指柜台后面的一排酒瓶，"二锅头？歪嘴？"

　　老耿头顺着老板的手，看了看那排高高矮矮的、在灯光下闪着光芒的酒瓶，眼睛亮了一下，咽了咽口水，摇摇头。老耿头从口袋里掏出一个瓶子，向老板扬了扬。

　　老板飞快地瞅了一眼老耿头手中的瓶子，瓶子上有歪歪扭扭的"高粱酒"字样，他会心地一笑。

　　花生摆上，菜也上了桌。老板还给老耿头摆上一个小酒杯。老耿头示意，要两个小酒杯。

坐在桌边，老耿头拧开酒瓶的盖子，往面前的酒杯里倒上满满的一杯。

老耿头左手捏着酒瓶，身体向前倾，直到鼻子都要浸到杯子里的酒中。老耿头闭上双眼，轻轻地摇摇头，点点头，又慢慢地仰起头，长长地吸一口气。稍顿，就静止不动，如一幅古画般被定格。也就在这时，老耿头的右手一下子出现在杯子的边沿，食指上翘，拇指和中指圈成一个圆，紧紧地握住酒杯，稳稳地送到嘴边，没有一滴酒溅出。

"吱——"一声，从老耿头口中发出，酒杯已经空空如也，又静静地立在桌上。老耿头扁扁嘴，又舔了舔嘴唇。老耿头又换了一只手，拿着酒瓶，向另一个酒杯倒了满满一杯酒，依旧是那番动作。

两杯酒下肚后，老耿头终于拿起筷子夹向那盘花生，夹起一粒花生米，那么一抛，一张嘴，花生米便落入口中，再闭上嘴细细地咀嚼，所有动作一气呵成。

老耿头嚼着花生米，视线望向外面。华灯初上，来来往往的人行色匆匆地奔向家中。迎接他们的是一顿香喷喷的饭菜，香气中也会飘出一缕缕酒香。老耿头抽了抽鼻子，仿佛那丝香味正往鼻子里冲。

酒香味把老耿头的心给拽了回来，他又继续喝酒。

老耿头这顿饭送走了好几拨人，老板倒没有出来催促老耿头，这让老耿头感到很自在。

老耿头手里的酒瓶终于见了空，而桌上的菜，除了花生米还剩下几粒外，另两份菜几乎没动。老耿头结完账，站起身，距他进店的时间，足足过去了两个小时了。

老耿头走向门外时，有了些许的摇晃。

所幸，老耿头很快就站稳身子。老耿头刚走出门，一阵喧闹的声音从右前方传来。

"下自习了！"老板嘀咕着说。

右前方灯火辉煌，声音杂乱地响起，人影穿梭。

老耿头有些东摇西摆地往那个方向走去。他走了几步，停住，望向那不断涌向自己的人群。

　　"爷爷！"一个十四五岁的男孩子不知从哪里钻了出来，一下子站在老耿头的面前。而刚才还有些摇晃的老耿头，立即站直身子，原本木讷的脸瞬间有了生气。

　　"爷爷，您又喝酒了？"男孩显然是看出端倪。

　　"没，没有。自从你妈妈说你不能闻那酒精味后，我就再也没有喝过酒。"老耿头显得有些慌乱，却又笑着说，"不信，你闻闻看。"

　　小男孩真的在老耿头身上嗅了嗅："嗯，没有酒味。"

　　正在店里收拾碗筷的店主，听到小男孩子的话，差点儿笑出了声，小孩子真容易被骗呢！

　　还没有收住笑容的店主，拿着瓶子的手一下子僵在空中：老耿头刚才吃饭的桌上，真没有一点儿酒味！店主不敢相信地端起老耿头喝酒的酒杯，是的，没有酒味，绝对没有！店主再仔细看了一眼那个酒瓶子，上面的标签，分明是手写后再粘上去的纸片。

　　店主的眼窝有点湿湿的，鼻子有点酸酸的，他想起了自己在农村家中的父亲，那照顾孙子起居的爷爷。这一对不正是吗？只不过，这一对是从农村到城市的。

红月亮

安荣把头顶上的伞又往前移了移,细细的雨丝毫无知觉地钻了进来。直到雨水从额头滑过眼睑,模糊了视线,安荣才惊觉。秋天的雨有丝丝凉意,让人起了寒噤。

伞下是一个小男孩,六岁半,本来手中也打着一把可爱的布迪熊伞。可淘气的布迪熊伞却并不肯认真地为小男孩遮风挡雨,总是会偏离核心位置。

安荣把伞举在小男孩头顶时,小男孩正无所顾忌地把手中的伞放在地上,蹲着摆弄起地面上的一枚石子。

"快起来,得赶路呢!"小男孩听不出妈妈显得有些急促的声音,但是,妈妈的声音还是让小男孩偏了偏脑袋。

小男孩往上仰的小脑袋没有看向妈妈,却往那昏黑的天空瞅了瞅。

"看!妈妈!月亮!"小男孩惊喜地叫了起来!

"别玩啦!我们快走吧!"安荣看了看前方,有些不安。

路是湿漉漉的。路的前方仍然是路,虽然两旁有高高低低的楼房,但由于没有路灯,前方的路也一片昏黑。

"妈妈,看!月亮,真的有月亮!"小男孩没有得到妈妈的应和,不甘心地说。

安荣苦笑了一下,这样的天气,又怎么会有月亮?

小男孩站了起来,眼睛却没有离开天空,还把手伸出来,指向天空,激动地喊道:"看,月亮还是红的呢!"

安荣的视线不由自主地转移到小男孩的手指的方向。

顺着小男孩手指的方向,竟然真的有红红的、圆圆的光亮!

那是漆黑的天空中唯一的光亮。

黑中泛有微黄的天空中,那悬空的孤零零的红色亮光,被认作是月亮,也不足为奇。

雨季的夜晚,月亮早被遮挡在雾霾之中。当然,如果定睛细瞧,还是会发现端倪,这个"月亮"亮光不圆润,还有四个方角,亮光的背景下,隐隐有高楼的影子。

这些,只有几岁的孩子是不能分辨出来的。

安荣用左手捋了捋额前沾有雨珠的头发,笑了笑,躬下身子,拽起儿子,轻轻地问:"那红月亮美吗?"

儿子一边站起来,一边拿起布迪熊伞,高兴地点点头,大声地说:"美!可真美!"

安荣把儿子的伞扶正,用自豪的语气说:"那里是我们的家,我们的新家!"

"那是我们的家吗?"儿子一边跟着母亲向前走,一边问。

"没有你在身边,我度日如年……"铃声从安荣的口袋里传出。

"在干吗?"

"在路上,去接女儿。"

"一个人?"

"和儿子一起的。"

"那段路安装上路灯了吗?"

"房子出来那段没有,但依稀能看清路。"

"有多少户入住了?"

"嗯……嗯……不知道。"

"整栋楼房，还是只有我们一户人？"

"不，不止。应该有好几户了吧？你别担心。"

"家里那边天气咋样？"

"还好，只是开始降温了。"

"你在家照顾两个孩子辛苦了，注意身体！"

"我知道，你在外面，营养也要跟上，别太节约。"

"我知道的，我再辛苦两年，把房款还了，再把房子装修了，你们现在住的房子里，也只通了水电，委屈你们了。"

"不委屈，这是我们自己的家！"安荣大声地说。不知什么时候，雨水又从发间滑过眼睑，凉凉热热地在安荣的脸上滚落。

挂断丈夫的电话，安荣转过身。那亮光是自家新买的电梯房的窗户。刚才出门时，安荣把红布做的临时窗帘拉了起来。

这样雨天的夜晚，安荣也不愿意带儿子出来。可是，整栋新落成的楼房，只有她家一户入住，独自在家，安荣不放心。

安荣今年不外出打工，急切地搬进还没装修的新家，只是为了照顾读初三的女儿和新入学的儿子。

安荣沉思间，前方已经灯火辉煌，女儿下晚自习了。

安荣牵着儿子的手，快步向前走去。

遍地月光

思翰讨厌夜晚。

讨厌夜晚的思翰就坐在步行街花坛的边缘。他就那样一直坐着,看着来不及躲避的黄昏跌落在璀璨的华灯里。

很长一段时间思翰总是这样,从傍晚一直坐到晚上九点。他有时是闭着眼睛,有时像是要揪出什么来似的盯着来来往往的人群;有时就静静地发呆,如处于与自己无关的梦境里。

乐声就是在梦幻中飘到思翰耳际的。是二胡的声音。

思翰睁开眼睛循声找到了声音来源处——商场门外的墙角。

是一个老人。说是老人,是因为那满头白发有些蓬乱,胡须也花白,一张黝黑的脸上,是岁月的积淀。旧外衣套着旧内衣,毛絮都争着露了出来。

老人盘脚坐在一张包书的牛皮纸上,右手边上放着一个泛白的牛仔背包,最刺眼的是前面正中间放着的一个金属小盅。小盅里有零星的几张纸币。小盅边放着一张纸片,纸片的内容思翰虽然看不清,却也猜得八九不离十了。

思翰冷笑了一下,又拍拍头,与己何干呢?

此时的老人,双眼闭着,头低着,随着拉弓、推弓、揉弦,身体跟着律动起来,头在微微摇动,耳朵差一点儿就倚在二胡的琴轴上。

"亲亲的我的宝贝，我要越过高山，寻找那已失踪的太阳……"曲声低沉绵长，如泣如诉。思翰来不及轻声地跟着哼，眼泪"唰"地一下，就流到了双颊。

"你先多陪孩子一会儿，能不能让我安心地多逛逛……"从商场里出来的一个年轻女人尖锐的声音打断了拉二胡的老人的动作，也惊醒了思翰的思绪。

年轻女人选择远离喧嚣的角落接打电话，压根没有注意到角落里有老人在表演，也不会想到还有思翰在用心倾听。斜对着老人的年轻女人继续在电话里吵骂着什么，思翰听不太清楚，但年轻女人的话像秋日里的落叶，哗啦啦地晃得人发晕。

睁开眼的老人没有看年轻女人，只是轻轻地看了一眼小盅边的纸片，用二胡弓把它调正了一下。

老人挺了挺腰身，抬起了头，把二胡摆端正，又拉了起来。"我是一个兵，来自老百姓……"此时的老人，不再似刚才那般萎靡不振，成了一名威武雄壮的士兵，正昂首挺胸地走在大道上。思翰不由自主地走到老人面前。

走到老人面前的思翰这时也忽然发现，这位"老人"最多只能算是中老年人。

年轻女人还在"老人"面前，看着"老人"面前的小盅极不耐烦地说着什么，见又有人走来，急急地说了一句"我不管啦"，就挂了电话，走入商场之中。

思翰看着小盅里那几张可怜的小票子，略有些悲悯。随意瞥了一下那旁边的纸片，惊呆了，继而是愤怒！

纸片上竟然有思翰所熟悉的照片，不，确切地说，是刻骨铭心的照片！

思翰瞬间觉得头皮都要裂了。他怒睁着双眼，左手攥紧拳头，右手狠狠地指着照片，问道："他在哪儿？"

乐曲戛然而止。"老人"抬起头来，打量着思翰，说："我不知道，我也正在找他。"

"照片是从哪儿来的？你竟然用他来行骗！"思翰强忍着怒火，低声吼道。

"从我们县公安局打印出来的。""老人"倒是毫不介意思翰的恶意，顿了一下，接着说，"上面还有电话。"

思翰定睛一看，那张照片底部真有一个电话，号码很熟悉，不正是自己的电话号码吗？

一年前的一个晚上，思翰在家里整理材料，热衷于购物的妻子带着年仅三岁的孩子翰翰逛商场。翰翰说要撒尿，妻子让他去店门口几步远的花坛一角处尿。等妻子与店主议价再转过身时，翰翰已经没了踪影。妻子立即奔出来，却怎么也找不到。妻子当即就报了警。接下来的一个月里，思翰和妻子发动所有的亲戚朋友帮忙找，却还是大海捞针。在翰翰失踪半年后，思翰也与妻子分开了。他从三居室里搬出，蜗居在一处黑暗的小平房，他把名字也改为思翰。一年过去了，翰翰一点儿消息都没有。夜晚的时候，他常常一个人来这里发呆。

思翰讲述完，泪眼婆娑。

"老人"静静地看着思翰。过了一会儿，"老人"说："二十年前，我两岁半的儿子也在村子里被拐走了。老婆因为思念成疾，先是疯了，几年后就死了。埋葬完老婆，我就踏上寻子之路。后来，我结识了更多寻亲的公益人士，他们提供了一些其他的材料，于是，我们不仅寻找自己丢失的孩子，也为其他寻亲的人们提供一些帮助。这些年，也成功地帮助过几个家庭找回了失散的亲人。"

思翰邀请"老人"到自家去住宿，以便再补充一些翰翰的情况。"老人"点点头，收拾好牛仔背包，把二胡拿在手里，跟在思翰后面。

穿进小巷，灯光倏地被挡在外面，地面漆黑一片。

然而，此刻，思翰却发现与往常不同，今晚，月华如水。

老人倚在门上，仿佛在对他自己说，只有去做，才有机会找回失去的！说完，老人拿出二胡，闭上眼睛，深情地拉动起来。随着琴弦拉动，一曲《二泉映月》缓缓响起，那琴声起初如涓涓细流，一丝一缕，缭绕着如泣如诉，千回百转，又如奔腾澎湃的江水涌动，席卷着这个月夜。

思翰感到脸上一片冰凉，抬起头，发现妻子正站在自己面前，思翰想说点什么，终究没说出来，妻子却一把拥住了他。老人的琴声仍在继续，思翰的心却和月光一起，洒落一地。

烈日照射下

屋顶上的三叶老式吊扇，拼了命似的转动着，发出的叽叽咕咕声仿佛在提醒着，它已经有些透支。悬挂吊扇的屋顶，涂抹的白石灰已经掉得所剩无几。吊扇下，一对中年男女围坐在桌子旁，神情肃然。桌子上放着十来张崭新的百元大钞和几张小纸片。

钱，被女人用双手压在手下，一脸紧张地望着男人。

"给我。"男人想要伸手去拿钱。

"不，不行！"女人几乎把身体的全部重量都倾注在手上，只为阻止男人拿钱。

男人目光有些凌厉地看着女人。女人也挺起胸，昂着头，不示弱。

男人的眼神柔和下来，女人随之柔和下来，仍然用期望的眼神望着男人。手上却没有丝毫放松。

男人伸出去的手收回，挠了挠乱蓬蓬的张牙舞爪的头发。

男人低低地说了句："我会再挣的。"

女人抬头望着男人几乎满头的白发，露出乞求的眼神。

"假如换作是你，你希望怎样？"男人语气不重，说话时，也不再看女人的眼，而是望向门外。

门外，临近中午的火辣辣的太阳要把大地给烤熟了似的。

女人沉默了一会儿，缓缓地把压在桌子上的手挪开，小心翼翼地把每一张钱拣到左手心。每一次都会去整理本就平整没有一丝褶皱的边角。十来张，竟然清点了近十分钟。最后，她把这些钱又轻轻地在桌子上叠放了几次，再有些不舍地递给男人。她视线一直在男人身上，直到男人接过钱，从门口消失。

一个小时后，男人出现在银行。

虽已近中午，还有几人在忙着办业务。然而，柜台前办业务的却只有一人。来不及抹一把头上的汗水，男人凑向柜台，刚想张口说话，柜员睨了他一眼，说："取号排队等着去！"

银行大厅里的空调很快将男人的汗水吹干了，却也将他身上的汗味弥漫在空气中，柜台内人员微微皱了一下鼻子。

轮到男人了。男人走上前，把号递向里面，轻声地说："我找胡玉燕。"

"不在。"柜台内把男人的号给撂了出来。

"那她什么时候在？"男人嗫嚅着问了一句。

"你们都吃了午饭啦，我们也要吃饭啊。等她吃完饭就来了。"

"那我在边上等她。"男人自言自语地说，站到了写着"胡玉燕"的工作牌的柜台外。

千呼万唤，胡玉燕终于慢腾腾地踱了出来。男人像见到救命草一般，脸上堆满了笑容，连声说："您可来啦！您可来啦！"

胡玉燕并不理会柜台外男人的招呼，慢条斯理地推开椅子坐下，朝桌子上吹了吹，再按下电脑电源键，在等待电脑开机的时间里，她取下"暂停服务"的牌子。

"可把您等来啦！"男人松了一口气，忙不迭地说。

"你什么事啊？这么急？"胡玉燕懒懒地问。

"您把我的钱给弄错啦！"男人急急地接过话来。

"什么？我哪里会弄错？"胡玉燕反问道。

"您真给我弄错了。就是上午的时候，我来取钱的，您给弄错了。"

男人急得脸涨得通红，嗓门也有些大了起来。

周围有人把目光投向这里。胡玉燕脸上有些挂不住了，生气地说："我绝对没有弄错，是你自己搞错了！"

男人见辩说不清，把凭条和单据一并递给胡玉燕。胡玉燕愤愤地扫了一眼，抖了抖单据："没问题啊，哪里错了？"

"我连本带息是10150元，您上午给我的是11150元。您多给了1000元。"男人一口气说完，把那一叠钱递了进去。

胡玉燕一边接过钱，一边重新审视单据："哦，是这样啊。我还没注意。"

把钱放入抽屉后，胡玉燕站了起来，满面笑容地对男人说："谢谢你，谢谢！"

男人摸了摸后脑勺，硬碴碴的头发横七竖八地立着。

"你吃午饭了吗？"胡玉燕关心地问，想掩饰一下自己的内疚。

"我吃过了。就是专门给您把钱送回来，怕您着急。"男人有些忸怩地说。

男人走出大厅，肚子"咕咕"地叫了起来。男人笑了，是女人等他回去吃午饭的催促声呢！

送行

送行是痛苦的事情。

我不愿意送行,还有一个原因,我很木讷。

真不愿意说八月底的阳光很明媚,实质是阳光如火一般,像要把大地当作烙饼的锅,也可以这样说,阳光在拼命榨干人身体中的水分。

在这样的天气面对送行,虽然我极不情愿,但还是提前到车站等。一直等,等到天黑。

终于等到快上车的时刻。我们走向站台。

站台有三级。站台下是坑坑洼洼的、曲折蜿蜒地伸向远方的路,远方是一片漆黑的夜。沿途上还有过客撒落的一些纸屑、包装袋。

站台上,耀眼的灯光铺了一地的金黄。站台上的人和影子都被照亮了。

我要送行的人就在站台上。我叫他"小子"。

我说:"小子,听我说。"

小子看了我一眼,我到嘴边的话,又咽了回去。

他低下了头,我又忍不住,说:"小子,你去了后,一定要踏实肯干。"

小子什么也没有说,只是用脚尖在地面上轻轻地踹了几下。

我又说:"小子,是金子在哪里都会发光的。"

小子抬起头来，眼睛里闪耀着光芒。

"你说的这句话，我怎么听着特别熟悉？"小子偏着脑袋，问我。

这小子的态度，让我很失望。

当然，他的话也让我陷入沉思。我拍了一下脑门，对，这话我父亲也曾对我说过。

时间不多了，我着急起来，还有很多话没有给小子交待。

我一把抓住小子的手说："小子，在单位里，记住一句话，多干事，少说话。"

"这是什么道理？"小子有些疑惑地问。

"言多必失。最忌的是隔墙有耳，说不定你无意的一句话，一不小心就传到领导耳朵里，还会变了样。切记，切记！"我说这些话的时候，小子摆出一副漫不经心的样子，我不禁在心里叹了一口气。

我要告诫的话，才说了一半，可小子似乎已经不耐烦了。

"我得长话短说了。小子，做事情要'人无我有，人有我优'。"

小子显然对这句话更有兴趣，抬起头来望着我。

既然小子愿意听，我就耐心地给小子讲解："一个人要想在单位里出人头地，想要做出成绩来，就一定要比别人做得更好，做得更多。"

"好啦，好啦，我知道啦。"小子把肩上的包耸了一下，"没有什么其他的，我就走了啊。"

车已经进站，正在上下客。这里停留的时间稍长，所以小子没有急于上车，但他急于离开我的视线，或者说是急于远离我的唠叨。

正在小子转身的时候，我又喊住了他，"小子，还有一点，也是最重要的一点，你想要平步青云，需要一种能力。"

小子转过头来，双手拉着背包的带子，惊讶地问："什么能力？"

我一时无语。

小子不屑地问："你所说的需要的一种能力，就是你欠缺的能力，是吗？"

"你小子！"我被呛得满面通红。

"我不会像你这样子的！其实你所说的一切，都是你的经验罢了，我早就知道。"小子说完，就准备上车了，在上车之前，并没有回过头看我，只是背对着我，用手在空中摇了几下。

这就算是告别？

我的心像一下子被掏空了似的。

我木木地站在站台上。

透过车窗，我看见了小子坐在位置上，正安静地等待着发车。

看着他的面孔，我越看越熟悉，越看越惊心！

小子是谁？怎么和我一模一样？准确地说，和十年前的我是一个模子刻出来的！

我想要把小子喊回来，可火车已经启动了。

站台上，除了刺眼的灯光之外，空无一物。

我慢慢转过身子，面向着黑漆漆的小路，踩在地面的垃圾上，心里空荡荡的。

我晃晃悠悠地走入黑夜中。眼眶中偶有泪珠，顺着脸颊滑落下来。

第九个电话

他已经记不起，这是他本场比赛中第几次被击中而摔倒在地上。他也说不清自己重重倒下，又拼尽全力，强忍着痛楚，摇摇晃晃地站起来了多少次。

刺痛，在被对手击打的地方针扎般地逐渐扩散，刺入内心深处。

他咬咬牙，竭力抑制着，忍受着挥动手臂和站立起来时的剧痛。

他来不及细数身上的伤，就再次被对手击中，倒地。

他终究没能在本场中再站起来。他失败了。

他是清醒后通过新闻知道自己是第八次败给对手。

八次比赛，没有一次成功。而对手，仅是一名二梯队的选手。

八次比赛，时间跨度是两年。这两年来，从第一次倒下，他就告诉自己，站起来的次数定要比倒下多一次。从第一次失败下场后，他都不忘记打一个重要的电话。

八次了，他都是用模糊不清，但绝不气馁的语气打的电话。

只有这次，他没能及时打电话，因为他毫无意识地被抬下来，直接送进了医院。

他颤颤地掏出电话，不论结果怎样，他都要第一个打出这通电话。也就在这时，他的电话铃响了起来，差点儿让心神不宁的他丢掉了手机。

是他的父亲打来的。每次，他失败后，他的父亲总是第一个打进电话。每次，他都害怕接起这个电话。他知道，父亲要说的内容，是他一直不愿意接受的。

此时，他父亲的电话又打来，刚好是他从昏迷中醒来，又是他想打电话的时候。他摇摇头，还是很坚定地摁断了父亲打进来的电话。

平息了一下心神，他再次拨起了重要的电话号码，这个号码他烂熟于心，并没有存储。

与往常一样，手机响了一声后，他就开始了他的汇报，然后是肯定地点头，接着就是表决心。也就在这时，话筒里传来一声"喂——"

突如其来的一句，把他吓得够呛，手机一下子跌落在地上。他愣住了，又傻傻地听着，回过神后他连忙拾起手机，听着电话那头的话语。电话那边的人，只说了一句话，说得很慢，却很有力。他听来，语气是那样熟悉却又缥缈。他拿着手机，久久地，一言不发。

半年后，他频频出现在攀岩的训练基地。一年以后，他开始在全省的攀岩大赛中崭露头角。

两年后，他的名字家喻户晓，因为他已经是国内野外攀岩的翘楚。在一次国际大赛上，他站在了最高的领奖台上。这当然不是他最初梦寐以求的舞台，然而，他却用了另一种形式完成了他的夙愿。也可以说是他完成了他认为的最重要的人的夙愿。

他想起了已淡忘的那个人和那个重要的电话号码。

当他再次拿出手机想要拨打那个电话时，他忽然发现，那个曾经记得滚瓜烂熟的电话号码，竟然从他的脑海中消逝了！

他看着手机发呆。

他其实从很小就开始训练攀岩，但是他却不喜欢这项运动，这是因为他的父亲。他的父亲以前是省攀岩队的成员，后来退役后，又在野外攀岩俱乐部当起了教练。他心中的父亲，不论作为父亲还是丈夫，都不称职。他和母亲都对父亲埋怨甚深。即使他进入攀岩训练基地，也很少见到父亲。有一次在训练过程中，他不慎从数百米高的山崖上滑落，撞击在山壁上。躺在医院里的一个月，他的父亲却没有来看望过他一次。正是那次受伤，他开始对攀岩产生恐惧心理。也正是那次受伤后，他被他的攀岩教练推荐到了他所喜欢的拳击运动。

每一次拳击比赛结束后，他打的那个电话号码主人，是他的攀岩教练，而那个号码也一直是空号。他喜欢拳击因为他认为教练是他的"伯乐"。然而，在他转到拳击运动后不久，"伯乐"就在一次攀岩训练中，意外身亡。而他，也一直秉承着对"伯乐"的知遇之恩而坚持着。所以每一次比赛失败之后，他都会给"伯乐"打电话。他没有想过放弃拳击，要不是他在第八次失败后，从昏迷中醒来打的第九个电话，那个原本该提示为空号的电话竟然通了，还说了那句震撼他的话……

也正是那个电话，他才又回到了攀岩项目上来。而他惊喜地发现，自己把拳击运动中的那股韧劲，充分运用到攀岩中，竟然成为他取得大奖的重要因素。

只是他不知道，在他背后，还有一个人，在默默地为他祝福。

这个人，与那位"伯乐"是师兄弟，都是攀岩界的元老。"伯乐"把师弟从小就训练的孩子推到了另一个项目上，为这事，师兄弟绝交。而"伯乐"这样做，只是因为师弟是五代单传。

这个师弟，就是他的父亲。他转身就看见了他已经四年没有见过面的父亲。这时，他听到父亲的声音，与他两年前拳击比赛失败后第九个电话中的声音一样，那声音仍然是那样熟悉："攀岩，一定会让你站得更高！"

向下的眼睛

一

六个月前。

午时，骄阳似火。

"妈妈！我们快回家，我好累好饿啊！"一个十来岁的小女孩从一栋大楼里飞奔而出，直向停在路边的一辆电瓶车冲去。红色的连衣裙，在金色的光芒下，如一团红云，钻进了电瓶车蓝色的凉棚之下。

母亲接过女儿递过来的画夹，放在脚下的踏板空隙，把头盔递给女儿戴好，然后轻轻地问道："今天画的是什么呢？"

"素描头像。简单。"女儿干脆利落地回答，母亲的幸福就洋溢在脸上。

只是这幸福，也就一分钟都不到。电瓶车刚转了个弯，就被警察拦了下来。

"您好！您知道您这样骑车违法了吗？"

"我们戴了头盔的……"

"电瓶车不能改装凉棚，这样会很危险！"

"哦，是这样啊？我们错了。只是有凉棚，可以遮风避雨。"

"下次不能这样了。这是罚单，您十五日内去处理。"

回家路上，女儿问："妈妈，人长有两只眼睛是为什么呢？"

母亲沉默了一会儿："一只眼睛用来发现真、善、美；一只眼睛用来发现假、恶、丑。"

女儿偏着脑袋，点点头，又摇摇头。

二

三个月前。

下午，细雨霏霏，有风。

大道旁，雨雾朦胧中，隐约有两个穿着警服的人，原本醒目的马甲因为淋雨，与被浸湿的白色警帽一样，有了深灰色。

"队长，您到树下来躲躲雨吧！"

"你去躲一下吧！我得坚守着，只是为了提醒更多的人。"

"也是，这样的天气，这样的路面，很容易出事。"

一辆电瓶车摇摇晃晃地过来。被叫停在路边。司机并没有下车，躲在凉棚之下。

"您看，您的车在这样的风里，是不是差点儿摔倒？"队长对司机说。

"为了您的安全，按照规定，我们必须拆除掉您的凉棚。"另一名警察拿起长嘴铁钳，走到车前，对准反光镜上的铁条，双手向两边张开，掌心向内用力合拢，"咔嚓"一声，铁条应声而断，他又迅速地钳断另一根铁条。前面刚钳完，队长也用剪刀把凉棚的绳子剪下，两人把凉棚取下，凉棚顶上的水，没有一滴洒在司机身上。凉棚被撂在路边的垃圾箱处，那里，已经叠了十来个各色的凉棚。

司机看了一眼那被撂在雨中的凉棚，又抬头看了看天，默默地冒雨离去。

不久，细雨中又一辆电瓶车驶来，直接来到两位警官身边停下，却是光光的。下车的是一位五十岁左右的男人,穿着一件薄薄的雨衣。他把脸上的雨滴抹了一把,从后备箱里拿出两个还没有撕掉包装的袋子,捧到两位警官面前,说:"为了大家的安全,你们辛苦了。"

"谢谢您!"来人的行为让两位警官有些猝不及防。

"不谢。警民一家亲。"说完,来人骑车消失在细雨之中。

三

一个月前。

会议室里。灯火辉煌。

主席台上坐着几个人,表情严肃。台下的人坐得端正挺拔。

领导把文件宣读完毕后,合上文件,在大屏上展示出几张图片。领导说:"近期,有区政协委员给我们交通执法部门提了建言,并附有图片证照。这位委员指出了我们在处理电瓶车的问题上,一些执法行为简单粗暴,这些事实是客观存在的,我们有错就要改。从今天起,大家执法时,要带上这两宗物品。我们执法人员,执法是为民。"

"这些物品,有部分是政协委员赠送给我们的,我们自己也添置了一部分。"

四

又是一个艳阳天。

临近正午的阳光,虽然没有火炙烤的温度,紫外线的力量还有余威。

路口。

一辆装着天蓝色凉棚的电瓶摩托车被拦了下来,车上是母女俩。

"您好!您的车不能安装这个凉棚,这样会很危险。"

"怎么又是你们啊?上次我的罚款已经交了。这次又要罚款吧?

你开单子吧,我们赶着回家吃饭呢!"

"不用罚款,只是要给您拆除了,以后也不许再安装了,好吗?"

"拆了?我们怎么遮太阳?"

"我们这里有防晒面罩,可以免费提供给您。为您遮阳。"

"免费?"

"是的。"

"那要是下雨呢?怎么躲雨?"

"我们这里可以免费提供雨衣。您看,这里有的。"

母亲很配合地把凉棚取下,交给了两位执法人员,却只接一个防晒面罩,给女儿戴上。

女孩离去时,转过头,大声地说:"谢谢两位叔叔,你们是我的榜样!"

车上,女儿问母亲:"妈妈,人为什么要长两只眼睛?"

母亲笑了笑,说:"一只眼睛向上,发现真善美,一只眼睛向下,传递真善美。"

没有想到,只有十来岁的小女孩倒是肯定地点点头,说:"嗯,我也要用我的眼睛去发现传递真善美。"

五

大道上。

两个警官看着人来车往。两人看着那些电瓶车司机戴着防晒罩,倒是一道别样的风景。就有了下面的一番对话。

"你说,谁是那个给我们提建议的政协委员呢?"

"就是那个给我们队上送防晒面罩和雨的吕委员啊。"

"那次在雨中给我们送雨衣的,就是他吧?"

"是,也可能不是。"

"嗯,不论他有没有在我们身边,我们都知道,有无数双眼睛在盯着我们。"

"还有一双眼睛,那就是我们的眼睛。向上,是远方,向下,就是脚下,就是路。"

两人爽朗的笑声,淹没在人群的笑语之中。

画里画外

秋后的阳光温柔地抛洒下来,正是下午时分,滨江路上散步的人慢慢多了起来,晒着太阳,享受寒冬来临前温暖的惬意。

有相恋的人儿手牵着手,脸上洋溢着青春;有白头偕老的夫妻,推着轮椅,留恋每一处风景;当然也有行色匆匆者,来不及欣赏,不得不为肩上的责任向前冲。还有一位画画的,支起画架,想要用手中上的笔,让美好时光停留。于是,漫无目的闲逛的人便有意踱过去欣赏。

然而,走近看过画的人,又都迅速离去。有的还会回首看那执画笔的老者一眼,眼神却迥异:有愤怒的,疑惑的,有羞涩的,也有猥琐的,还有冷笑的。他们大多都对同伴窃窃私语着什么。

"这老头儿是个疯子!不,他是一匹老色狼!一个下流的胚子!"

"怎么会是这样?看见的和画的完全不一样嘛!"

"他怎么能这样画人家呢?"

"那幅画真美,要是能送给我,我每天晚上睡觉都抱在怀里!哈哈……"

"还真是人老,心不老!"

…………

人们抒发着自己的见解,同伴要么附和,要么同感。显然,议论声打破了这里的宁静。

到底发生了什么？在画架前方的长椅上，斜躺着一位满头银发，身着深褐色休闲装的老奶奶。阳光下的她似乎蒙着一层轻纱。她右手撑着头，望着树梢中的太阳，是那么的随意，一动不动。而老人的画板上，却是一位斜躺在床上的妙龄少女，手指轻扶下颌，含情脉脉。最重要的是这画中人物竟然全身一丝不挂！

老人终于完笔，在他身后。还静静地站着一位年轻人。老人问："你还在这里看什么？"年轻人一愣，不好意思地说："我……我看见你画中的人物栩栩如生，被深深吸引住了……"

老人点头不语。老奶奶走过来，有些娇柔地说："这么多年了，你还是这样画……"

这位年轻人最后成为老人的关门弟子。而老人是一位著名画家，偕夫人刚从海外归来，憩息在此。

老人说："人生如画，画里有人生。同一幅画，每个人看到的都不尽相同，有人看见了画里的图，有人看见画里的色彩，有人看见画中的庸俗，有人看见画的艺术，只是因为心有不同。"

红气球

朋友对敏说:"敏,你应该向邻近的红取经。"敏叹了一口气,在朋友的劝说下,带着几个朋友去了红的基地。

万寿山脚下,道路蜿蜒而上,路标醒目,广告牌鲜明,准确地把几个人引到红的两间平房。

红把敏一行人邀进屋内。外间,只有二十平方米不到,却担当着厨房与会客厅的职责。桌上还摆放着中午的菜,只是莴笋,不见有肉花。

"你就吃这个?"敏的朋友好奇地问。敏也露出惊讶的神态。

红点点头,一脸的满不在乎:"山上不方便,好几天下一回山,购买些必需品,其他的就吃这山上自种的绿色蔬菜。"

与敏同行的一个人往内屋瞅了一眼,除了一张床,几近空无一物。

"山上可以上网吗?"

"不行。"

"能看电视吗?"

"也不行。"

"那平时怎么过?"

同行的人问题接连不断。

红捋了捋头发,说:"白天在地里忙活,晚上整理一下材料,看一会书。一天悄悄地就过去了。我还觉得时间不够用呢!"

"去地里看一看吧？"敏提议。

一行人走出平房。走在最后的敏看见房间的角落里有一个红桶，桶中似乎有东西在蠕动。

山间，层层梯田上，果树刚刚嫁接完成，新生的枝条在风中轻轻地摇曳，山上有些空旷，只有大幅的广告牌标示着这里有着种植养殖基地。

"你的果树又换了吗？"敏问。

红介绍说："去年嫁接的晚熟橙子不太适应这里的天气，所以今年又换了最新的品种，这也叫与时俱进。"

"那你的那些土特产山鸡养在哪里？"敏望了望四周，很少见到土鸡的踪影，不解地问。

"嗯。为了防止土鸡中毒，暂时分养在农户家中。等过了关键时期，就把它们散养在林中。"红很有耐心地讲着。与敏同行的几个人也点点头。

只有敏微微皱了一下眉头。

山下，正在轰鸣的挖掘机吸引了大家的眼球：一个鱼塘初见规模。

"有山，有水，才是好地方。"红满脸憧憬地说，"所以，我又斥资兴建了这口鱼塘。要不了多久，这山上就可以成为集养生、娱乐、休闲于一体的度假胜地。到时，大家一定要来这天然的氧吧。"

在返回的路上，经过一块菜地。梯田上的这块菜地并不大，地里种的莴笋，成熟的已经被砍走，地里的显得有些支离破碎。

红让地里做活的工人砍下几株菜，抱回屋里。

敏和朋友离开的时候，红提来了四个口袋。口袋里装着鳝鱼。敏知道，这正是刚才桶里蠕动的东西。

"这是土货。村民们在山间捕捉到送给我的，我把它分送给你们，还有这些绿色蔬菜。在城里，可难得吃到这真正的土货呢。"红有些羞涩地说。

四个口袋中，有一个口袋里没有蔬菜，那是给敏的。

离开那些一晃而过的广告牌，敏和三个朋友就来到了与万寿山毗邻的圣灯山。敏的基地就在圣灯山。

敏带着三个朋友乘兴参观了她的基地。

敏的家乡就在这里。所以她承包这片山并没有费多少力气。西山，山间杂草丛生，零星可以见着一些树苗。

"这就是你的那些核桃树吗？"朋友问。

敏有些苦笑地说："现在整个村子里，绝大多数的家里都种上了核桃树，和我三年前从外省拉回来的这种树苗一个样。大家都乡里乡亲的。我正在联系的树种，重新种上。就是可惜了，本来都成林了。"

在东山，杉树茂密，林间，数不清的鸡奔跑着，追逐着，嬉戏着。正赶上喂食的时间，工人从屋里走出来，一阵"咯咯"的声音，工人把玉米撒在地上，数百只鸡聚拢过来，争相啄食。

"这才是真正的土山鸡啊！"一个朋友感慨地说。

"是的，我这里的鸡没有喂过饲料，生活在林间，喂食地里种的玉米谷物。"敏说，"林子里，真的很适合这些鸡生长。而且，这鸡肉，吃在嘴里，香且黏牙。"

"我记得你的鱼塘里的鱼也有两年了吧？"朋友问。

敏兴奋起来，说道："是的，应该都有两斤多了呢，可以网起来吃了。"

又一个朋友很奇怪地问："就神奇了，你这里的鸡或是鱼，还有果树，数量也充足，不论从哪方面，都比红那里雄厚，可怎么就没有红那里弄得响亮呢？"

回到山上的屋子里，大家围坐桌边。恰巧，电视上正在播放红辞去城里的工作回家创业的故事。

"咦？这不是敏的基地吗？怎么成了红的了？"正看得津津有味的一个朋友惊叫起来。

敏淡淡地说："当初拍摄时，红给我说要宣传什么的，我就同意了。"

电视放完后，敏的朋友开始议论着关于红的传闻。

"红的基地上电视后，她本来就不多的货肯定供不应求。"

"货不够，是可以到养鸡场买来充进去，卖给顾客的呀。"

....

一个朋友提了一嘴从红那里提来的装有鳝鱼的口袋，大家就不再说了。

敏微微皱了皱眉头，没有说话。她心里清楚，红多数时间都是和山下的同学朋友泡在一起的，平时很少操心基地的事。

她望向门外，远处的山间，不知是哪个小孩子的红气球没有拽紧，摇摇晃晃地飞到空中。一缕阳光似乎穿过气球，红气球"砰"地一下，爆了。

敏紧锁的眉头像红气球爆裂后碎片上的褶皱。

正版土鸡

土鸡炖汤，味香醇。

土鸡不容易买到，乡镇的场上，也得慧眼识别。

这是一个乡场，处于几个县的交界处，逢单就赶集。

牲畜市场上，一直人来人往。这其实是个简易市场，卖家一般就站在公路的两侧。

站在市场两侧的人中，有一个人显得有些醒目。这是个年近六十的老人，光看他裤子下那双筒靴，就知道是正宗的农村人。老人脚下放着一只鸡，还有一个破旧不堪的背篓，里面还装着一只稍稍肥大的母鸡。这位老人叫金仁。

一心想要买土鸡而又不识货的人，一圈转下来，不经意间发现金仁，总会在金仁的面前停下来。金仁那一双死气沉沉的眼睛，一下子就有了生气。

"这是真的土鸡吧？"顾客还是有些疑惑。

"这是我自家养的，在山地里养着，只吃菜叶、小虫子，也喂些粮食。"金仁抬起黑黑的脸，肯定地说。见顾客捉起鸡来翻看，金仁又接着说："吃粮食和虫子的土鸡，炖的汤，味道都不一样的。"

顾客看看鸡，又看看金仁，稍显得犹豫地问："我怎么确定你这就是真的土鸡？"

"我有个侄女小金在镇上当老师，侄女婿是乡里畜牧站的，姓郑。不信，你问问周边的这些人，他们可能都认得。"

周边的几个人也微微地点了点头。

见金仁说得有名有姓，又有旁边人的肯定，生意很快就成交。

金仁一次圩集，可以很快地卖掉五六只鸡，有时，多达十只。和金仁同样是地道农民的妻子，也一并来赶集卖鸡，只不过，她在不远处的一侧。夫妻俩在空闲的时候，也赶其他的乡场。

土地陆续被流转，农村空闲的时间多了很多，县城里到乡场来购土鸡的人也多了很多，当然，其中不乏驾车路过的人。

这天，又逢单赶集，在卖土鸡的队伍中，又多了一个老太婆。熟悉了过后，大家才知道，这个老太婆叫德礼，是金仁的兄弟媳妇，年龄其实只是五十开外，守寡二十余年，家里却出了两个大学生，女儿在镇上教书，女婿在畜牧站上班。儿子也快大学毕业了。其中的艰辛，是可从与她年龄不相符的脸庞和她那佝偻弱小的身体看得出的。

虽然德礼比金仁显得还黑瘦，但穿着比较整洁。

一个转着市场的顾客走近德礼，蹲下，仔细地看着鸡的爪子，问："多少元一斤？"

德礼有些迟疑："这是土鸡，十八元一斤。"

顾客闻声抬起头，略略有些惊讶，问道："您是金老师的母亲吧？我看见过她为您买衣服的。"

德礼轻轻地点点头。

"金老师教过我孩子。"顾客高兴地说，"这只鸡我要了，买回去给孩子吃，孩子最爱喝鸡汤。"

德礼并未动手给顾客称，而是轻轻地说了一句："你要的话，就算十二元一斤。"

"为什么？"顾客问。

"这并不完全是土鸡，是喂了一些饲料的。"德礼小声地说。

顾客说:"没关系,完全是土鸡本来就不多,只要种是土鸡就好。"

德礼仍然没有给称,说:"你再去其他看看吧,选个真正的土鸡回家。"

顾客奇怪地看了看德礼,站起来,慢慢地离开了。

不久,又有顾客前来问价,一番对话后,德礼仍然让顾客去其他的地方选土鸡。

快中午的时候,德礼把带去的两只鸡又带回了家。

德礼打电话给金仁。

金仁一顿臭骂:"都下了市场,你不可能再把这鸡又给我退回来啊!你看你,什么都学不会,没有手段怎么能做生意呢?"

德礼默默地挂了电话,把鸡给杀了,炖了汤。

下班回来的女儿只吃了一口,就说:"妈妈,你怎么也买到饲料鸡了?"

德礼什么也没有说,她觉得自己才是一只真正的土鸡。

再见，隐药

徜徉在青山绿水中，正林的心中是抒不尽的惬意。

"轰隆隆——"一阵巨响，从前方传来，转眼间，两块巨石飞滚而至！"塌方啦——"正林转身就跑，在巨石即将压到正林的时候，正林叫一声，醒来。

桌上的稿纸被涎水浸湿了一片，弯弯曲曲地，绘制成一幅头像，似张着血盆大口要吞噬人一般。

午饭后，正林在办公室里加班赶写材料，没想到竟趴在材料上睡着了，还做了这白日梦！正林摇摇头，这个梦，已经重复了多次，竟然都是这样的类似！

电话也在这时响起。接起电话，正林就后悔，真该在接之前看看来电显示，看了，一定会掐断。当然，这个电话会一直打进来，直到正林接听为止。正林很无奈。

"老板——"电话里传来这熟悉的声音，总是让正林起一层鸡皮疙瘩。

"我不是老板！"正林粗鲁地打断对话。

"你是我的老板啊！哈哈哈——"电话里传来不依不饶的声音，接着，就是一阵狂傲的笑声。

正林恨得牙痒痒的，直想抓起手机砸在地上："刘三！你又想怎么样？"

刘三打了个哈哈："请你帮我一次忙，帮我取点东西。"

"我没有空！"正林毫不客气地回绝。

"那我到你单位来找你？"刘三阴阳怪气地说。

"你——有你这样请人帮忙的吗？"正林想发火，却又怎么也发不起来。

"我也是没有办法了嘛。谁让你是我的老板呢？"刘三得意地说。

正林沉默了好一会儿，一定一顿地说："这真是最后一次了？"

"嗯嗯嗯。"正林听着刘三打着哈哈的声音，他可以想象得到，此刻刘三那趾高气扬的模样。

"钱呢？"正林问，明知问了也是白问。

"这不是想请老板你帮忙嘛，你就好人做到底。你是我的再生父母！"刘三的态度似乎诚恳起来。正林却把眉头锁成两条黑黑的虫子，恶心地附在额头上。

"这话你不只十次问过我！"正林气冲冲地说，却传来是一阵盲音，刘三已经挂了电话。

按照刘三短信的提示，正林请了假，转了几个来回，终于在一个偏僻的巷道内，与一个瘦瘦的、臂上有刺青的青年接上头，花了两百元，换得一个纸包。

这纸包，就是隐药！都是这隐药惹的祸！

正林心里愤愤地想着。

一年前，闲翻杂书的正林，偶然从一本书上看到，只要在某人的屋中，放进一包隐药，这人定遭厄难。

恰好那时正林因为前段时间工作上的小失误，被领导批评，正林对领导怀恨在心。正林就从"牛皮癣"广告上找到刘三。刘三自称能为雇主办一切事。

正林委托刘三办的事情其实很简单，就是给领导家下隐药。

刘三确实能干，一直是电话联系的两个陌生人，但是刘三很快就找到了正林，这着实让正林吓了一大跳！

刘三面对面地接受了任务，不过，刘三说，隐药必须正林亲自去取。也就有了第一次，正林去非常隐匿的地方去取隐药。

隐药就是一个纸包。正林按刘三说的，没有打开，非常小心谨慎地送到了刘三的手中。刘三是怎么把药放进领导的家中，正林不得而知。

但最为神奇的是，领导不久就真的出事了，先是领导驾车出车祸，不久就被调查出问题。

隐药，就是隐药。正林得意之余又感叹。

然而，正林的厄运也才开始。

这刘三是请神容易，送神难。虽然按事先的约定，钱财已经两清。但对正林知根知底的刘三，不久就找到正林，让他再去帮刘三取隐药。

正林自是不答应，刘三就威胁，要将正林在领导家中下隐药的事情在正林的单位公开。

权衡再三，正林就只得屈服。有了第一、第二次，刘三就变本加厉，一次又一次地无理要求。虽然后来，正林觉得这事情越来越不对劲，但却越陷越深。

好长一段时间以来，正林被刘三搅得坐卧难安，噩梦连连。

都是这隐药惹的祸！正林忍不住抓起纸包，三扯两撕地打开，砸在地上。

没等正林回过神来，他已经被两人按倒在地上。

在公安局里，正林才知道，自己涉嫌运毒、藏毒、贩毒！正林一下就蒙了。

所幸，事情很快就弄清楚了，刘三让正林去取的所谓隐药，其实是毒品！刘三因吸毒、贩毒、敲诈被刑拘。

刘三也供认正林并不知情。至于正林领导家中下隐药一事，根本就是子虚乌有的事。

被批评教育一番的正林走出公安局，刺目的阳光，晃得他捂住脸庞，久久地蹲在地上。

正林痛苦地想起，隐药，就是藏匿在角落里的秽物。而这隐药，一直就在他的身上，不，是在他的心底的阴暗处。

犯错

下午五点刚过,不知是因为下雨还是因为天黑得比较早,天空压得很低。

他双手握着方向盘,接着又打开了车灯。这样更安全,他想。

旁边坐着的是他妻子。车前行的方向是县城。

"唰——"车前台上的临时停车牌发出声音,正向右边滑去,他看到妻子上身向车门紧紧地靠去,头在车玻璃上撞得"咚"的一声。妻子猛然间用双手紧拉着车顶上的扶手,尖叫声被生生地吞进了肚子中。虽然妻子没有真正叫出声来,但是他还是听见了。

这是个急转弯。

他淡定如常。

虽然他感觉左前轮刚才有些压中线,但他觉得,这也是正常,对面根本没有车来。

妻子张了张嘴,想要说什么,又终归没有说出来。

"其实我觉得你今天这车,开得还是不错的,并没有王三哥说的那么差啊。"过了好一阵子,妻子幽幽地说了一句。

自豪的苗子正在他心底冒出,转眼就看到妻子双手还牢牢地吊在扶手上,他又有些泄气了。

妻子口中的王三哥,是他的姐夫。

三个月前，他赶上驾照改革的最后一班车，将驾驶证拿过手。他从学车到拿证，只花一个月的时间。

拿到驾驶证的新手，一般最想做的事情就是开车。他也是如此，奈何自己没车。所幸的是，姐夫有辆半新不旧的车，恰好可以练手，当初他在学车时，姐夫也曾许诺过。

只是，真正等他拿到驾照，向姐夫要车上路时，姐夫那心不甘情不愿的表情，还是有些打击他脆弱的心灵的。他当时在心里就有些不舒服。

毕竟是不相信他的第一次上路，姐夫也就跟车指导一下。

他开着车在省道上跑一圈下来，姐夫也发现了问题，很严肃地对他说："平弟，你开车太往中间靠了，这是错的，不能犯。"

他当时也没有说什么，只是再向姐夫借车来遛遛时，姐夫总是找好多理由推诿。

他的购车计划因此提前。

购车时，他没有让老司机姐夫一同去，而是请了朋友一道把车给开了回来。但是他是自己开车回来的，因为朋友非要让他自己熟悉车况。

平安到家后，他就大大方方地开车上路了。

其实他用车的时间并不多，他和妻子都在乡镇里上班，即使开车，也只是饭后出去转悠一圈。当然，还有就是进县城办事，自己开车会方便许多。

自己开车后的他明白了姐夫不借车给自己的原因，这是一种疼惜，正好比"养儿才知娘辛苦"吧。

所以，当他再次听到姐夫说让自己开车一定要注意，靠边些，别老往中间凑时，觉得这话特别刺耳，差点儿就蹦出一句："靠边，靠边，难道非要开出马路才行吗？！"

他的妻子不会开车，倒没有觉得什么，只是听从了姐夫的告诫，有时也提醒他。被提醒的他，心里可是结着老大个疙瘩。

这次，妻子明显感觉到他转弯太快了，可因为自己不会开车，也因为知道他的脾气，学过心理学的妻子，还是选择了以表扬为主。

忽然，他骂了一句："×××，完全看不清！开的什么灯！"

妻子透过玻璃往前看，只见一片白光，前面的路完全模糊成一片。显然，是对方来车开着远光灯。也就在这时，先是听见"嘭"的一声巨响，接着他和妻子觉得车身猛地一晃，就什么也不知道了。

等他再醒过来，发现自己已经在医院病床上躺着了，一条腿被吊得老高，车祸导致他的左脚严重骨折。庆幸的是，他和妻子都没有生命危险。

交警的判定结果出来了，他的车超过中间黄线，违规行驶，负全责。交警很奇怪地问，这右边明明那么宽，你怎么非要往对方的道路上跑呢？

此刻他想起姐夫说的那句话来。不过，他还想补充一句："有些错，最好一生都不要犯。"

就在你身边

　　站在路边，耿林就开始后悔。

　　此时正值中午放学。人太多，来来往往的，全是人。出来的路，有三条，进去的路，只有一条。耿林就站在这三合一的路口处。

　　耿林把眼睛睁得老大，决不放过一个人影。

　　路过的人，有的不经意地看耿林一眼，耿林就有些惊惶了。耿林赶紧挺了挺腰身，手中的袋子，略略有些沉重。耿林想要把手背在身后，却被手里的袋子碍着，挺直的腰板，不过一秒，又自然地驼了下去。这提着的口袋，让耿林有些手足无措了。耿林原本是不想理会这些的。

　　耿林知道，自己的这个位置，很显眼。再看看自己的这身打扮，耿林有些懊丧。而且早上出门太急，没有来得及刮胡须。

　　真丢脸！耿林想抽自己两下。

　　正前方树荫下迎面走来一个熟悉的身影，耿林心中一喜：总算找到了！可再近一点，耿林快要蹦出来的心马上就跌落下去，他不是要找的人，只是有点相似而已。

　　人海之中，找个人太费劲！

　　耿林刚才在餐厅里已经找了一圈。

　　餐厅里人太多了。十几个窗口前面，都排着长长的队伍。耿林把每个窗口前的队列都快速地浏览一遍。然后，又到坐着的人中寻找。

耿林穿过位置间的过道，一一扫视。

角落里，簇拥在一起的是三个人，一个半大小子，另两个，许是小子的爷爷奶奶吧。两个老人守着个半大小子，而小子正享受着美食，香味飘到耿林的鼻子里，他吞了一下口水。耿林的提袋里也有美食，是给儿子准备的，可现在还没有找到儿子。

儿子被淹没在这吃饭的人群中。

看着来往晃动的人影，耿林觉得心里更发慌。

发慌的耿林加快寻找的步伐。没有，没有，还是没有。

看着愈来愈多的人涌入，耿林就想着到餐厅的外面路口上去等候。儿子吃或没有吃，都会经过路口！

就在他分神间，又有些人离去，耿林在心里默默念叨，千万不要错过儿子！

一想到儿子，耿林又挺了挺腰身。儿子读书期间，总是省吃俭用，身体一直很瘦弱。

听儿子说，在这里读中学的，大多数家里条件都比较好。没有能给儿子提供优越的条件，耿林心里拔凉拔凉的。

耿林发觉过往的人看自己的眼神有些异样了，他有些为难地低了一下头，又抬起来。找儿子，给他送吃的，这才是正事！

也就在这时，耿林觉察到身边有人！

耿林一回头，比他高半个头的儿子一下就抱了上来。

"爸爸，今天是周三，您怎么来啦？"儿子紧紧地抱住耿林问道。

儿子的熊抱，一时让耿林没有反应过来。

等耿林回过神来，他推开儿子，把提在手中的口袋举起来，问道："吃了没有啊？看，我给你做了些炒菜，还温着呢！走，赶紧去吃了吧。"

耿林和儿子回到餐厅，找了个角落坐下。儿子就迫不及待地吃起耿林带来的菜。

虽然，经过了两个多小时的辗转，但保温桶的效果还是不错的。

耿林看见带来的饭菜，还冒着些许的热气。

看着儿子狼吞虎咽的吃相，耿林之前所有的不适感，瞬间烟消云散。

耿林看着儿子的眼睛有些红肿，问："怎么啦？"

儿子埋着头，闷声地说："没什么。"

几天后，校园宣传栏里贴出一张照片：一个正在四顾寻找着什么的沧桑的父亲，背后站着一个双眼饱含泪水的孩子，孩子就那么凝望着父亲。虽然，他们的衣着是那么的朴素，却让每一个路过的学子都驻足。

这个父亲，正是耿林。

耿林不知道，他的儿子，其实那天已经吃过饭了。他还不知道的是，他的儿子在他身边站了好一会儿，而这一幕，恰好被校园记者发现，并拍摄下来。

记者给照片取了个名字：《就在你身边》。

阳光下

又是阳光灿烂的一天。

耿林的心情就如此时的阳光一样。

如果没有意外,明天,将会比今天更光明。一脸喜气的耿林,心里默默念叨着。

阳光洒在城市的地上,红红的,似害羞的脸;耀眼的,似一把把利剑,刺得人眼睛有些睁不开。这座远离家乡数百里的城市,这座曾经不属于自己的城市,明天,就会把自己拥在她的怀中。这也是耿林一直的梦想。

耿林曾在一个月以前,向那个人提出要求,希望得到那个人的帮助。当然,耿林知道,从那个人那里得到的结果,会与预想一样。

甩甩头,抹去那些不如意,踏着阳光,耿林捧着记录仪,亦步亦趋地跟在同事的后面。

上午的工作和昨天一样,情节与对话内容都差不多,只是主人公不同而已。

午休时候,不知怎么,一向睡眠挺好的耿林却睡得不踏实。

等耿林睁开眼,发现同事都不在。

显然,他们已经出去了。

耿林吓出一身冷汗,抓起记录仪,就往外奔去。

耿林走进同事围成的圈子,手中的记录仪已经开始工作。

被围在中间的是一位老人。从衣着就可以看出,他来自农村。他背对着耿林,正在和同事进行交涉,地上,两个大大的箩筐里,还装着两个蛇皮口袋,口袋涨得满满的,却并不是太重。

又是一起违章乱摆摊卖东西的案例。耿林微微地叹了一口气,不幸的遭遇,都如此相似。

但耿林手中的记录仪还在运行着。

同事正在给老人讲政策,讲道理。

耿林手举着记录仪,把同事的话语作为重点来特写。然后,要给老人曝光了。耿林慢慢转到老人的前面。

镜头对着的是老人的口袋,满满的两口袋红辣椒,久违的乡村气息扑入耿林的鼻子中。耿林的家乡盛产辣椒。这两袋晒成的干辣椒,是需要一些时日才能积攒而来的。当然,这也是农村一户人家一年里从地里得到的副业收入的主要来源。

"求求你们,我真的是不知道情况。拜托你们不要没收我的东西,这可是我筹来给儿子急用的啊。"低着头的老人哀哀地说。而听到这位老人说话的一瞬间,耿林就像被雷击一般,傻傻地定住了。

"每一个人都是这么说,可你们总是要违反。"同事一脸正义,顿了一下,又说,"人人都不遵守,那规范从何而来?你把头抬起来。"

老人慢慢抬起头。耿林看到了老人那沧桑的脸,他原本举着的手,无力地垂了下来,而手中的记录仪,就像断了线的风筝,伴随着同事的惊叫声掉落下来。这可是一个价值不菲的执法工具。

记录仪掉进了老人的蛇皮口袋里。是老人的辣椒挽救了耿林。

而此时的耿林却说不出一句话,睁大双眼,瞪着老人,嘴角嚅动着,终于脚下一软,耿林跪在地上,朝着老人。泪水从耿林的眼眶里滚落下来。

看着失态的耿林,几个同事可能嗅出了点什么,从蛇皮袋里抓起

047

记录仪,转身就离开了。同事们离开时撂下一句:"小耿,这里的事情由你处理,让他马上在这里消失。"

老人像犯了错似的,低着头,不敢看耿林一眼。他把耿林给扶起来,说:"三儿,我给你添乱了,是吗?"

"您怎么到这儿来啦?您是怎么来的?"耿林哽咽着问。

"我……我……"老人小声地嘀咕着,把脚往箩筐后缩了缩。

耿林还是看见了,那两个黑黑的脚趾头,从鞋子里钻了出来。而穿在老人脚上的鞋子,沾满了泥土,分不清里外。

耿林知道老人从大山走出来到这座城市,需要走过的山路和路程。

"你知道怎么坐车吗?"耿林问。

"我,是一路步行来的。我想把东西给卖了,再把钱给你送来。从接到你的电话起,我就着手准备了。"老人小声地说。

"您,您……"耿林说不出话来。耿林把两个蛇皮袋收起,说:"这些,您就别去折腾了,交给我来处理吧。"

老人默默地收拾好箩筐,转身离去。

阳光下,老人佝偻的背影,逐渐消失在耿林的迷蒙的视线中。

耿林抹了一把眼睛,追了上去。

这个老人,是自己的继父,从耿林四岁起就是。而自己的母亲已经去世十年。

耿林还记得,自己欠老人一声"爹"。

守望

轿车比停车位多。耿林叹了一口气。

耿林开着车把这片还没有完全开发的地皮晃了半圈,愣是没有找到一个停车位。

不找车位了,就待在车上。耿林做出决定。看看时间,也就是再等不到半个小时而已。

耿林把车向前慢慢滑动,在路面稍宽一点的地方,靠边停了下来。

运气来了挡不住。刚把车熄火的耿林就看见前面几米处有辆车挪出去了。

耿林飞快地点火,还没有把车启动,又是一辆小车,不知从何方蹿出,一下插了进去!

即使耿林把嘴巴张得可以吞下一头大象,即使他把眼睛瞪得比牛眼还大,也只能傻傻地看着,那辆车标是四个圈的小车抢了先机。

重新熄火的耿林,盯着那辆车,想看看那夺了自己车位的车主。

车上下来两个美女。香车美女。看着那两个美女艳丽的服饰,耿林心底升起一股浅浅的酸意。

也就在这时,耿林却发现一个不相衬的地方:两个美女的鞋子!

火辣辣的太阳刚刚往西山偏移,秋老虎的阳光仍然在发威。可两个美女的脚上,却都穿着长雨靴,再细看,还是旧的。

就在耿林发愣的时候，两个美女从车的后备箱里拿出了更让耿林吃惊的东西：两把大锄头！

没错，两个美女手中攥着的，就是老农民用的长把锄头！

耿林摇了摇有些昏涨的脑袋,再向四周看了看,确定周围没有老农民。

耿林全身竖起了汗毛，周围也没有一个人影，而两个美女操着锄头，正往自己的方向走来！

就在耿林想要猫身到方向盘下时，两个美女却向右转了一个弯。

右边，是一片荒地。这是已经被规划，正待建设的地区。左边，已经建成的高楼大厦里，已经住进了无数的租户。

这里的高楼大厦与后方的学府深情对望。

耿林停止了思绪，继续对两位美女的行踪进行定位。

两个美女手持着锄头，正歪歪斜斜地向荒地走去。说是荒地，并不准确，因为这些荒地上，已经被开垦出小块小块的菜地来。一些菜蔬已然长成，一些新芽正在萌发。

两个人没有如耿林想象，在菜地边上停下来。她们径直走向荒地中央。荒地中间，有一丛一人多高的草。两人在杂草处停了下来说了句什么，接着一人站一边就动起手，挖掘那丛草的根部。

那应该一种中药材吧。耿林猜测。

不然，草划在身上，那种灼痛，两位美女是承受不住的。

耿林没能继续猜测下去。

电话铃声响起，是儿子打来的电话。儿子放学了，正在校门口。

耿林调转车头，向身后的学府奔去。

一周后。

耿林特意提前到达。特意提前到达的耿林，还特意地把车开到上一次停车的地方，依旧是没有停车位。

这次，耿林下了车，来到右边。正在耿林张望的时候，前方又有一辆车挪动了，紧接着，又是那辆车迅速地插了进去。仍然是那两位美女,还是那半旧的雨靴,还是朝着那个方向,手里却不再是大锄头,而是两个黑袋子。

走近了,耿林才看清楚,原来是两位资深美女。

耿林再看看上次两位资深美女操纵的地方,没有了草丛,替代的是,一小垄土地。土地上,已经有了纤弱的菜苗,正在风中摇晃。

两人经过耿林时,耿林闻着一股味。

耿林抽了抽鼻子,退开了一步。

"妈——"两声整齐的呼喊,从路边传来。

耿林看见两个女孩,和自己的儿子年龄差不多,正站在路边,向两位美女招呼。

"你们先回屋里去做作业,我马上就回来。"正埋头从口袋里抓什么出来撒在地里的一个美女,抬起头对两个孩子大声地回应了一句。

两个孩子向左边的高楼里走去。

路边有人指点起来:"这两个当母亲的,真舍得干。不仅专门在这里租房来照顾孩子,还不怕累,不怕脏,非要亲自去种点菜,说是绿色,无污染。"

"是啊,现在的父母,为了子女,肯花血本呢。"

"还有那些外出打工的,背井离乡,一年甚至几年才回一次家,也不是为了父母,而是为了儿女。"

耿林听不下去了。

耿林的儿子今年高二。耿林是花高价钱把儿子送到这所名牌学校来读高中的。今年,耿林申请到基层,就是为了每周方便接送孩子。

耿林申请到基层时,局长正准备提拔耿林。

耿林放弃了,只说了两个字:守望。

乡愁

儿子一个趔趄，险些跌倒，嘟囔着说："怎么还没有到啊？"

耿林牵着儿子的小手，安慰道："快了，穿过前面那丛竹林，就可以看见爷爷的房子。"

"为什么公路不能通到爷爷家门口呢？"儿子歪着脑袋问。

"这，因为不容易修路吧？"耿林回答的声音越来越小。幸好，儿子并不是真想知道问题的答案。

"快看，那就是爷爷家！"耿林指了指前方。

在山丘的半山腰，一丛竹林间隐约露出白色的房顶。

"哇，爷爷的房子好漂亮！"儿子高兴得跳了起来。

耿林想说什么，却没有说出口。

走进竹林，第一幢楼房，是农村常见的两楼一顶的小楼房，青瓦白墙。

走到门前，耿林却没有进去。门是紧锁着的。

往里缩了一米不到的距离，又是一幢两层楼房，不过，是红的砖，平的顶，与崭新的红墙不相称的是朽木与锈迹斑斑的铁栏组成的窗户。

门也是紧锁着。耿林仍然没有进去。

跟着耿林后面的儿子，奇怪地看着爸爸，又看了看前面。与这两幢楼房并排的，还有几幢楼房。

儿子正要蹦跳着往最后那幢楼房奔去时，耿林停住了脚步。

耿林停下来的房子，是瓦房。外墙上粉刷过白灰，已经有些凸了起来，甚至一些地方都能看见里面的泥土。白色的墙上，留下条条的张牙舞爪的水渍，像老树根匍匐在墙上。

门是敞开着的。耿林向屋里走去，儿子犹豫着，不太愿意进去。

耿林走进屋里，喊了两声，却没有人应答。

"又去地里了吧。"耿林小声地嘀咕。

走出屋，耿林引着还没有进门的儿子，穿过另两幢并排的小楼房。小楼房的门，也是紧闭着的。一块深水田，就在楼房的边上。

水田的一角，一个佝偻的身影，正在忙碌着。

"爷爷！爷爷在那里！"儿子高兴得叫了起来。弯腰在田角里折腾的老耿头，似乎没有听见，埋头不知在做着什么。

耿林微微皱了皱眉头。

耿林带着儿子，来到田角。

老耿头正在用锄头从田里提出稀泥，给水渠的缺口做坎。溅起的浑浊的水，混着泥浆，像淘气的孩子，一个接一个地冲到老耿头的脸上。身上，留下一团团的泥渍。

可老耿头顾不上擦，又把锄头挥起，向前去刨更多的泥土。

耿林站在田埂上，有些为难。正准备脱掉鞋子时，老耿头发话了："别下来，我就弄完了，照顾好小孩子。"

耿林也就蹲着没有动，看着老耿头，问："这又是要干什么呢？"

"前天不是下雨嘛，涨了水，结果田里的水冲了个缺口出来。"老耿头一边挥头着锄头，一边说。

耿林看了看，疑问道："这田坎没有被冲垮啊？"

"田坎倒是没有被冲垮，可拦住田角的铁网出现了问题。"老耿头闷声地说。

"怎么啦？"

"这铁网从表面上看，没有什么问题。可我今天早上发现田角流下去的水中，有鱼，就觉得奇怪。我一检查，才发现，这拦鱼的网，在水下的部分，已经被剪开了一个大口子。"

"啊？那……"

"这田里，没有种稻谷，就只是放了一些鱼罢了。"

"这水也太大了吧，拦鱼的网都给撕破了！"

"是啊，田里喂养这些鱼，也不知趁机跑了多少！"老耿头说这话时，就有些愤愤了。

老耿头把锄头举得高高的，重重地砸在拦鱼网的几根柱子上。

"几位叔伯可都在家的呢，他们也不知道吗？"耿林望了望竹林间的那排房子。

老耿头鼻子里哼了哼，说："他们，他们可能最清楚。"

耿林往四周搜寻了一番。老家地处的位置是三个村接壤的地方，是一个三不管地带。本身人也不多，除了老耿头的几兄弟，要与其他的邻居说上话，最少也得走上一刻钟的小路。

也正是这里居住的村民零散的原因，户户通，没有达到百分之百。

交通不方便，在县城里上班的耿林，就很少回老家。在城里安定下来后，耿林还把原来在老家的母亲也接到了城里。

只是没有想到，退休后的老耿头，却恋上了这农村老家，非要在农村里拾掇，说是锻炼身体，空气清新。

耿林的儿子七岁了，这是第一次来老家。

"爷爷，您就跟我们回城里住吧。"耿林的儿子在田边向爷爷撒娇。

耿林摸了摸儿子的头，儿子说出了耿林心里想要说的话。

这话，耿林曾经对老耿头说过很多次。耿林真搞不懂，老耿头为什么退休后，非要回到农村老家来。

耿林还搞不懂的是，这老家的叔伯婶子们，总是对老耿一家有偏见。

确切地说，是耿林从老耿头的话语中，明显感觉到几位叔伯与老耿头之间，缺少血脉亲情。

耿林没有见着叔婶们，他知道，他们可能在地里；没有见着堂兄弟们，他知道，他们都在外面打拼，在家的时间也并不多。

和老耿头一起回到家中，耿林把从县城里带回来的蔬菜、水果和肉类放在桌子上，就准备离开。

临走时，耿林心有不忍地说："爸，你还是与我一起回城里住吧，你那孙子病才刚好，需要你照顾呢。"

老耿头摇摇头，说："就这样吧，我隔几天再回城里。"

耿林知道，老耿头还有一句话没说出口，这老宅，需要人住着，才有人气。耿林更知道，老耿头真正在意的不是老宅。

几弯几拐，老家那片竹林中的影子，就逐渐隐没在身后。

耿林心里有一股热流涌起，一定要设法修路，贯通到每一户人家。

迎春花

"快起来！把屋顶的蜘蛛网清理一下！"母亲的大嗓门夹杂着咚咚响的声音，叩开了青松的眼睛。

青松揉了揉眼睛，向窗外望去，晨曦还没有光临。

"妈，您这是要干嘛？天还早着呢！"

"赶紧的，不然时间来不及啦！"母亲没有理会儿子的埋怨，一边帮着儿子找衣服，一边准备叠儿子床上的被子。

看到母亲这个架势，青松只得摇摇头，起床洗漱。

吃过早饭，天边才开始泛白，可母亲已经忙碌起来。等青松从饭桌上下来，就看见母亲站在衣柜面前。这是青松和母亲共用的衣柜，也是家中唯一的家具。两扇黑不溜秋的柜门上，最古老的挂锁早已变成昏黄色，整个木头做的衣柜斜斜地依靠在土墙上。

青松拍了拍母亲从衣柜里取出放在床上的衣服，笑了笑，问："妈，您不是说衣柜，就是放衣服的嘛，怎么今天要开始整理啦？"

"就是放衣服，也要放得整整齐齐的。"母亲没有看儿子，撂下一句。母亲把衣柜里里外外地擦了一遍后，又把衣服一件一件地折叠，再有序地放进衣柜里。

青松又摇摇头，青松不止一次对母亲说过，要把衣柜里的衣物整理，可每次青松从学校回来，总是会看见衣柜里衣物乱成一团。青松去学校之前会把衣柜整理好，可结果仍然是一样的。青松知道，母亲是真的没有时间来做这些事情。早出晚归的母亲，一个人料理里里外外的一切。即使如此，这个家还是摆脱不了特困户的境况。

母亲无意间转过身来，看见青松还站在那里发呆，就催促道："还站在这干嘛？去把各间屋子墙角上的蜘蛛网给清了。"

拿着长长的扫帚，青松开始对房屋进行"大扫除"。一共就三间屋子，一间厨房，一间客厅，一间寝室。青松对自己给三间土房子的命名，感到挺满意的。

"哗——啪——"一边在客厅里干着活儿，一边陷入沉思的青松，从这声音中惊醒过来，原来是长扫帚不小心碰到了墙上的瓦，那原本就有些松动的瓦，竟然掉了下来！

幸亏青松闪得快，瓦片才没砸到身上！

母亲闻声从里屋探出头来，看了看儿子，又看了看地上，脸色一下就变了：地上一盆栽的植物被砸中，其中一条枝丫折断了。

"啊，我的花——"母亲奔了出来，弯下腰去扶持那倒下的盆栽植株。

青松有些发呆地说："这好像也常见的啊？没有什么新奇的？"青松很奇怪，忙碌的母亲，竟然会在家里也做起盆栽的事情来。

"枉你还是堂堂大学毕业生，这种花也不认识吗？"母亲很不满青松无所谓的语气。

已经签约了工作，即将上岗的青松，趁着这几天的空闲，回家陪母亲，当然不想惹母亲生气。青松脸涨得通红，仔细看了看。母亲不知是从哪里找来扦插的，两条枝条与桃枝差不多，四棱形的枝条细长，对生的小叶，长椭圆形。单生的黄色花朵，开放得比叶更早些。青松嘀咕着说："这，不就是迎春花吗？"

"是的，是的。"母亲一下子激动起来，"迎春花，迎，春花。"

青松一下子醒悟过来，春花是青松的二姐，比他大一岁。十年前，胞姐被抱养给了姑姑,初中没毕业就弃学在家,后来外出打工。青松在多方的资助下,如今终于大学毕业。而二姐,去年在姑姑姑父的主持下也结了婚。

一直以来,二姐很少回来,即使回来,也只是到伯父伯母家中。在青松的印象中,抱养出去后的二姐就没有迈进过母亲的寝室里。青松也没有听到二姐叫过母亲一声"妈"。

青松忍不住,有些结巴地问道:"妈,今天,是二姐,和二姐夫,要回来吗?"

"嗯,是的。也是你二姐夫,第一次到我们家来。"母亲一说到二姐,说话的语气也变得有些紧张。

青松默默地清理地上的垃圾,母亲扶起盆栽,也继续忙碌着。

春花回来啦!闻讯的母亲,风一样地冲了出去。

春花带着夫婿站在院坝边。春花看了一眼母亲,对夫婿说:"这是舅妈。"春花的夫婿恭敬地叫了一声,"舅妈"。母亲的脸,却顿时变得像白蜡一般。

看着这一幕,站在客厅里的青松转过身,从眼里滚落的泪水,滴打在地上盆栽中的迎春花上,泪珠从一朵绽放点点金黄的花儿,滑落到相互依偎的另一朵花瓣上。

连心桥

"妈,我们去滨江路走一走吧。"耿林轻声地对躺在病床上的母亲说。

这是母亲第一次住院。第一次住院,就在医院里住了整整十天,明天,就可以出院了。

说到母亲的第一次住院,耿林叹了一口气,这也不能全怪年迈的母亲。吃过白泥,挖过野菜,又一直蜗居在偏僻农村的老人,节俭、迷信、封闭,就是他们的生活状态。所以,即使是母亲生了病,她是不会主动吃药的。她首先要做的,就是找那些农村摆弄"跳大神"的,似乎找了他们,那病就能在香烛纸钱的焚烧中化解。每一次,总是当儿子的耿林,把母亲的症状给医生讲,然后由医生开出药方,耿林把药给母亲端到床头,一番劝说,母亲才会不情愿地吃下去。

当然,母亲的病好了以后,她总会认为,还是那"跳大神"的起的作用最大。

母亲不愿意去医院里,还有一个原因,那就是耿林是残疾人,早些时候没有固定的生活来源。穷人进不起医院。母亲是心疼儿子挣来的钱不容易。

耿林一直也没成家,现在已经年过五十,母子俩还居住在摇摇欲坠的河坝街的老房子里。

这一次，耿林的母亲是迫不得已的，必须要动手术。耿林好说歹说，终于把母亲给劝进了医院里。

只是个小手术，然而，这几天，母亲特别焦灼，每一天，都需要花费用。耿林一再安慰母亲，不用操心，不会花多少钱的，可母亲就是不相信。

耿林搀着母亲，慢慢地走在滨江路上。这是一条穿过整座小镇的小河流。几年前，镇街上居民的生活用水就排放在这里，所以，整条河流是脏、乱、臭，路过的人都要掩鼻匆匆而过。而现在，市政不仅专修了排污管道，疏通了河道，还重筑堤坝，将两边的道路进行绿化整治。如今，白天傍晚，都会有人惬意地在这里散步。

华灯初上，耿林与母亲时不时地与路人打着招呼。

往医院去，要经过一座桥，这座桥，是新修的新月拱桥。拱桥的这边，挨着滨江路的，是一排排整齐而又漂亮的楼房，这里是巴渝新居，一盏盏灯光已经星星点点地闪动起来。拱桥的那边，正是镇上的中心医院，耿林母亲最担忧的要花钱的地方。

耿林摸了摸口袋里的农村医疗卡，据医务人员说，耿林的母亲是可以享受医保的，自己花不了多少钱。

年过半百的耿林，还找到了一份工作——环卫工人，耿林为自己的工作感到自豪。

而耿林还有一件事没有来得及告诉母亲，出院后，他们将搬到巴渝新居，那里有政府为低保户提供的公租房。

走在拱形桥上，耿林用手指了指桥上的几个大字，欣慰地说："妈，这桥，叫连心桥。"

无声的誓言

写下最后一个字,看着这没有落下一处空白的答卷,军军信心满满。该是好久以来,堵在他心里的那块石头,终于落了地。军军长长地吐出一口气,声音差点儿同袅袅的白色雾气喷薄而出。

军军赶紧捂住了嘴。闭了近半年的嘴,在这么庄重的场合下显得有些迫不及待。

细微的小动作,还是吸引了监考老师的注意。

军军轻轻地晃晃脑袋,把视线埋在试卷之中。他很庆幸这些可能会难为他的题目,现在被他一一轻松解决。在一个月前,这些题目,就像是军军声带里的息肉,阻碍了他的正常发声。

花了二十分钟的时间,军军用"篦梳式"的方法,逐一地检查了一番,有几个地方的小疏忽,被更正过来。军军很庆幸自己再检查了一遍。

看看时间还充裕,左右的人都还埋头笔耕不辍。军军从心里有些嘲笑他们。他们多么像曾经的自己,被这刁钻的难题,压得喘不过气来。他知道,他们可能也是缺少翻越大山的技能,还有准备的时间。军军决定再审读一下作文。

看着题目,军军有些恍惚了。这几个月以来的情景,就像放电影般地浮现在卷面上。

"啪——"缠绕着彩色纸的晾衣竿,像失重的星球坠落一般,击打在军军的身上。军军没有回避,又一条红痕瞬间产生,与早先一秒前留下的红痕交错,形成一个鲜艳的血色大叉。

军军感觉不到皮肤上的疼,替代的是对前段时间行为的愧疚。那一学期的时间,是多么的荒谬。他穿的、用的,所见的、所想的,都与游戏有关。如果他的眼睛可以作画,他甚至希望连父母和老师的前前后后的身上,都印上与游戏有关的图案。

"咳——"一声咳嗽,让军军收回心神,他也不知道为什么看试卷的眼光,怎么就擅做主张地转移了。

军军侧目,左右仍然埋头忙碌着。他猜测自己比那些人节约了近一半的时间。

再校对一下作文余下的部分吧。军军劝诫自己。

读到第三段的第一句,军军又走神了。"要去,你自己带着去!""他也是你儿子!""你要根据儿子的情况,别总听别人的!""那就是好建议!"……这样的争吵,几近成了军军的每周收听的广播,广播者:爸爸和妈妈。广播内容:学校的选择。主人公:军军。

每每这时,军军都是像雨中受伤的小鸟,瑟瑟地缩在一角,把书捏在手里,眼泪浸润在眼眶中。他张了张嘴,又闭上。

"广播"被军军关在书房外,军军很快就忘记了周围的一切。

笔从手里滑落到桌上的声音,打断了军军的思绪。

军军看着试卷,心里叹了一口气。

一时的抛锚容易,补救好难。军军的实际经历正是这样。上学期末从一贯的年级第一名猛地滑落到一百多名,从前茅到中等,军军是知道原因的,这与粗心无关。

前两次参加的市级名校招生考试,名落孙山,也就不是意外。

母亲的埋怨,父亲的责骂,军军用低头,用沉默全盘接受。

"都是游戏惹的祸。"这话从父亲和母亲的嘴里念叨过不知多少遍,也不知老师苦口婆心地劝诫过多少次。如果声音真的可以在耳朵上起茧的话,那么这句话语一定会在军军的耳朵上生出厚厚的茧子。可惜那时他并不赞同父母与老师的意见。

直到,考试成绩出来,他才真正开始反思和纠正。

那一刻时,军军心里只有一个字。他决心用行动来实现。这个行动主要是时间上的追讨,同时取消嘴上的无关的行动。该吃的时候吃,不该说的时候决不轻易说。

今天是最后一次机会了,军军看着作文的最后一个字,眉头向上扬了扬。

这时,铃声响起。军军立即站起身。别的同学还在整理文具时,军军已经迈出了考室。

军军没有看满脸焦急的父亲和母亲,只是安静地坐到车上。返程的一个多小时里,军军闭着眼睛没说一句话。

一个月后,军军的妈妈接到市里排名第二的学校老师打来的电话,军军以第一名的成绩被提前录取!

看着母亲与父亲高兴地紧紧地抱在一起,军军依然没有说话,只是把手放在身后,用力地攥在一团。

拼!这不只是一个字。这更是一个誓言,他没有说出来。前方的路,还很长。

遇见

糟糕，快迟到了！李勋将手里的书本往沙发上一扔，抓起鞋柜上的手电，冲出门去。

夜色很浓，再加上雾气已经升腾，华丽的灯光，也只能显现出昏黄的色调。

空旷的广场，已经少有人影。广场的一边，聚集了十几个人。李勋眼睛望着那团人群，加快了脚下的步伐。李勋快走到人群时，人群却正在准备散开去，不过，都是朝着一个方向。急促，而不是慌乱。

距离人群只有十米不到的李勋，心里却有些发急。李勋的目光，越过人群，望向更远的地方。

那里，一个红色的数字正在闪动。还有三秒！李勋眼睛就紧紧地盯着那数字，加快了脚下的步伐。

快，快！李勋催促着自己。人群已经向前拥去，而李勋距他们还有五米。李勋心里发慌。他想象着那边的那边，等待着自己的那双眼睛，那个孤零零的身影，那失落的心灵。

李勋心里有些沉重了，和心一起沉重的，还有脚步。没有抬起的脚步，就在那一刻，被阻挡住了。广场与边界的之间，有几厘米的高度。李勋前冲的姿势，一下成为俯冲。

李勋扑倒在地的一瞬间，用右手支撑了一下，整个左侧随着没有抬起的左腿，还有额头左脸，一并与地面擦撞。

伏在地上的李勋，第一个念头，就是抬起头，已经变成绿色数字，只有一位数，涌过去的人群，已经开始分散。

"完啦！"李勋在心里狂喊，但不能喊出，大庭广众之下大声喊叫，已经不是李勋这个年纪的人做的。

这时，李勋才想起该迅速过去。而此时，李勋才发觉，脸上额上火辣辣的，还有左腿，钻心的疼传来。

李勋跐着左脚，挪到路口。又陆续聚集起人群，又是红灯。李勋心急起来。那张脸上可能出现的表情敲击着李勋的心。

聚集的人又多了起来。李勋感觉到那些人在远离自己。红灯变成绿灯。李勋随着人群向对面走去时，才发现，双脚除了沉重，还有疼痛。李勋拖着左脚，只到了中间的石栏，红灯又亮了起来。

看着同行的人群又渐渐远去，李勋的心里像着了火。对那个人的愧疚，密集了李勋的胸口。

过了红绿灯，仅走了几步，左腿上传来的疼，止住了李勋前进的步伐。

李勋知道，那张愤怒的脸，将会降临。李勋用手撑住脸，侧目盯着一个方向，他甚至不知道，什么时候，蒙蒙细雨，将自己稀疏而花白的头发，浇上了一层盐状颗粒。

"爷爷！"

随着一声并不响亮，却有失声的呼叫，受惊的是两人，李勋和面前的十五岁的男孩。

李勋吃惊的是，自己一直张望着，却并未看到孙子。男孩惊吓的是，爷爷满脸的血渍。

李勋擦了一下眼，手上有血。

"您摔跤啦？"男孩刚要皱眉头，又收敛起来，他蹲下身子，一边从口袋里找出纸巾给李勋轻轻地擦拭，一边问。

刚才在那边准备过来，在广场边不知怎么就磕了一下，摔倒在地上。只是擦伤，没有什么的。李勋一脸委屈。

"脚有问题没？"

"左脚有点疼，可能受了皮外伤。"

"早上我不是告诉您，我下晚自习自己回来，您不用来接的吗？您怎么又来啦？"男孩慢慢地挽起李勋的裤子。

借着灯光，男孩发现李勋的左脚膝盖周围有瘀痕，还肿大起来。

"我忘记了"，李勋小声地嘀咕一句，又说，"你去前面药店帮我拿点擦伤的药。回家，我自己处理一下，消下毒，涂些药，明天就没事了。"李勋从口袋里拿出五十元递给男孩，男孩站起来，向前面的药店走去，却没有接李勋递给他的钱。

男孩扶着李勋回到出租房，就给李勋涂药。

"你怎么买了这种喷的药啊？哪来的这么多钱？"李勋拿起男孩买回的药看了一下，问道。

男孩一把抓过喷剂，给李勋喷药，"我是用之前妈妈给我的医保卡刷的药。医生说这药见效快。"

躺在一墙之隔的床上，男孩心里像塞了铅似的。他想起刚才遇见爷爷的一幕，这个曾经做过十多年中学校长，这个八十多岁的弱小老人，这个专程陪同自己学习，一向严格苛求自己生活习惯的爷爷，真的老了。

另一间屋子的床上，李勋两眼饱含泪水。从刚才遇见孙子的种种，他才知道，孙子再不是曾经的那个任性、懵懂、幼稚的小屁孩，孙子长大了。

暖暖的热流漾遍李勋的每一个细胞，李勋笑着进入梦乡。

就是一个座位

"妈妈,拜拜!"儿子走出房门时,正在洗碗的妻子一阵风似的,冲了出来。

"儿子,你们是不是马上要换座位啦?"

"应该是吧!可能今天晚上就要换。不过没有什么关系,坐哪儿都是一样的。"儿子一边说,一边走出门去。

妻子看着虚掩的门,有些恍惚。

"吱呀——"过道上的风,吹动门,慢慢合上时发出的声音,让妻子回过神来。妻子转过头,看着客厅一角的包装盒,走过去,用手摸了摸纸盒子。

纸盒闪着亮光,还有金光,竟然有了灰尘。妻子轻轻地擦去那肉眼看不见的灰尘,纸盒比先前更有光泽。

妻子点点头,快速出了门。

十分钟后,闪着光的盒子随着妻子,沿着儿子刚才离去的方向追去。

早已等得不耐烦的丈夫,坐在车里,黑着一张脸,看着妻子从儿子所在的学校方向走来。此时,距妻子出门接近一个小时了。

妻子直接坐在副驾驶座位上,并没有看丈夫,而是拿出手机打电话。

"老师,我是××的妈妈,我在门卫处放了我们家乡的特产,您记得下晚自习后去提一下,另外,礼品盒里给您放有一个红包,您辛苦了，去买一点茶喝。"

丈夫一边启动车，一边想着那精美包装的礼品盒里，一个小小的红色的纸包，那里面，该是自己一周的薪水吧。但丈夫没有说，只是默默地开着车，向着初上的华灯。远方，还要穿过这些灯光，进入没有华灯的夜色中。

一路上无语。高楼上的窗户上亮的灯火越来越多，与路灯交相辉映。宽敞的路上，密集的车灯你来我往，传出呼呼的车轮与地面的摩擦声。

丈夫偶尔转过头来，发现妻子倚靠着，闭上眼睛。丈夫眉头一皱，关上窗户，车内胎噪声顿时减少。不一会儿，丈夫听到了妻子轻微的呼噜声。

"到哪儿啦？"妻子忽然发出声音，把集中精力开车的丈夫吓了一跳。

车外，黑色已经笼罩了他们的车。透过车窗，远远的有依稀的灯光，与黑暗里隐隐泛着白的天空连成一片。前方，车灯照射下，是并不宽敞的省道。道路上，不时窜出弯弯曲曲的，长长短短的黑色影子，那是施工的车辆碾压后留下的裂缝，还有不堪承受的坑坑洼洼。即使丈夫小心地避让，车还是把妻子给颠醒了。

"快了，还有半个小时就到了。"丈夫闷声道。

"我竟然睡了两个小时了？"妻子揉揉眼说，"儿子也快下晚自习了。"

说完，妻子把手机掏出来拿在手上，看了一下时间，铃声就响起。

是儿子打来的。

儿子走读，每天晚上下自习后，走路回租住的房子。一边走路，一边与妻子打电话，这是他们母子俩每天的功课。

挂了电话，妻子对丈夫说，儿子今天调座位了。儿子很高兴，以前他一直坐得比较靠后，虽然也坐过前面，但他的几个邻桌，总是会在他做作业时，讥讽他。现在，他的周围，都是成绩在班上排前几名的。学习氛围，完全与以前不一样。儿子说，现在的座位，他感到有压力。

丈夫手握着方向盘，张开嘴，收腹，深深地吸了一口气，又长长地慢慢地抖了几个字出来。"人家买官，你买座。"

妻子明白丈夫说的是什么意思，又接着轻轻地说："别去计较那么多，在城里读书，都是这样的。一切都是为了儿子，我们就多辛苦点吧！当然，你开车最辛苦！"

妻子说着，伸出手去抚摸丈夫脑袋上那有些蓬乱的头发。

丈夫无奈地看了妻子一眼。妻子的最后两句话，配合最后一个动作，是杀手锏。

丈夫还是有些不甘心，反问了一句："你说说，你也是老师，你们班上的座位是怎么编排的呢？"

妻子捋了捋头发，说："我是全班大循环，全体从后到前，同时从左到右。简单地说，就是每个人都会在最后一排，也都会在第一排。每周调换一次。"

"也包括我侄子，没有特殊照顾一下？"丈夫追问。

"是一样的，就是座位嘛。"妻子安慰丈夫。

丈夫语气加重了，问妻子："你为什么这样呢？"

"因为我是老师，但我同时也是家长。"

第二辑　路过，也是一种风景

一句话，一阵风

操场上摆放好了道具。道具是三组格子小间，每组里有四个格子小间，每个小间只能容一个人，格子小间的中间有齐孩子腰身的门栏。

这不是表演，而是方老师组织的一次主题班会。

参与观看的，是兴华小学五年级五班的全体学生和家长。

"今天的主题班会，我们先邀请几位家长和自己的孩子一起来做个游戏。"方老师话音刚落，孩子们就欢呼雀跃起来。

根据孩子们的自由组合与家长的参与情况，方老师把六个家庭的成员分成了三个组。第一组全是男性，第二组全是女性，第三组，两位家长年龄比较长，是爷爷奶奶辈的。

家长们不知方老师要弄什么玄虚，饶有趣味地等着看热闹。

"接下来，我们就要进行游戏了。请大家都听清楚游戏要求。"方老师发话了，"请每组队员各自站在各组的格子小间里。我会给每组第一个队员一句话，请第一个队员看完后，把这句话传给后面的一个队员，然后再传下去，这样传到最后，看哪组速度最快，内容又最准确。大家有信心取胜吗？"

"有！"孩子们的回答很响亮，参与游戏的家长也会心地笑了。

"不过，每组后面的三个队员必须戴上耳机，这是全封闭式的，戴上后，将听不清别人说的话语。"等方老师把要求补充完后，下面观看的家长倒是鼓起掌来,而参与的学生和家长却再没有刚才那种得意劲了。

接下来,游戏就开始了。

方老师拿出事先准备的一张纸条,让最前面的三个队员看了一遍,然后,队员们开始手舞足蹈,想尽一切办法要告知下一个队员自己所要表达的意思。看着他们怪异的表情和动作,下面观看的家长,真是忍俊不禁。

很快,三个组完成了游戏项目。全是男性的一组速度最快,年龄较长的一组速度最慢。

方老师先把纸条的内容展示给下面坐着的家长和学生看:王文长坐在头排。

第一组的最后一个队员大声地说:"鹅和羊在吃牛排。"

听到他说完,大家是哄然大笑。

第二组的最后一个队员抓抓脑袋,有些不确定地说:"我问墙谁在摇摆。"

这一下,有学生笑得捧着肚子蹲在地上。

第三组的最后一个队员看到大家的表情,猜测自己可能没有听清楚,小声地说:"我们常常去劳改。"

听完这个答案,全都笑翻了。

方老师静静地站在前面,等大家都笑得差不多了,会场就慢慢安静下来。

"看看这同一句话,都被大家传成什么样子去了。"方老师慢腾腾地说,"当然,这只是一个游戏。"

大家都用奇怪的眼神望着方老师。

方老师有些沉重地说:"我平时爱收集整理一些图片资料。这里大家先听几个录音。"

"老师,你班上出了点事故吧?"

"我都听说了，咱班上有个学生跳楼'摔死'了。我们也想关心一下事态，您处理好啦？"

"现在整个街上都在疯传呢，为什么要封锁消息呢？"

……………

有家长听着听着，低下了头。

方老师又说："大家现在看看，我们班是不是每个孩子都来了？"

全班学生都陆续回到座位上，每个家长面前都有自己的孩子站着。

方老师等大家都坐好后，说："今天，借着我们的班会活动，我只想说，有时一句话，就像一阵风，会被传疯。"顿了一顿，接着说："上周我班确实有孩子在与同学的推拉中不慎伤了膝盖骨，休息了两天就回来正常上课了。仅此而已。"

散会后，方老师收到几位家长递给他的纸条，一直压在他心中的阴霾渐渐消逝。天空中，一抹金色的秋阳正泼洒在大地上。

春日彩虹

阳浩老师一拿到抽考成绩册,心里就暗叫一声,完了,这下有人要借此做文章了!

阳浩还是硬着头皮给木主任打了个电话,问了一下情况。木主任答复说:"不算就不算,也可以的。"

阳浩在一所农村小学,工作五个年头有余。这个班级阳浩带了五年半。

阳浩对这个班级还是挺满意的,当然,也有遗憾,那就是他觉得自己愧对家长的厚望,几年来,年级第一名从没有落到自己班里某个同学头上!

想想也是有原因的。其他班同学在反复抄写的时候,他却和孩子们在做文字游戏,竞赛活动。别班同学家庭作业是书面的,而他让孩子们回家和父母聊天吹牛。再想想,临近期末考试,各班都关在教室里冲锋加油,而偌大的操场上,也就只有他带着本班学生,嬉戏追逐。

所以,学生、家长、老师、领导都称阳浩为阳光老师。

阳浩乐意于被称为阳光老师,如果不是分数量化的考核评比,如果不是有年级总分评比头筹的争夺,他就不会有亏欠了家长的想法。

此次,县教委组织了抽考。学校面对抽考采取了集中应对的措施,提前两天安排了语文和数学考试。然后再针对抽考科目进行专项复习。

阳浩记得，在考前为了集中应对抽考，木主任在办公室征求大家意见，大家说过要把抽考科目作为参考的话语。

提前考的科目成绩当天下午就出来了，最让阳浩觉得幸运的是，班上有两个学生同时拔了头筹。而另一个由科室主任和年级组长执教的班级中，那位几乎没有"失手"过的同学却意外落榜。

木主任回复电话说，通过年级组研究决定，年级总分要算上抽考的学科成绩。阳浩心里一凉，班上两名孩子又与头筹失之交臂了。

阳浩真的有些失望了，他知道这是有原因了。只是作为年轻老师，有些话是不敢说的，但这也太有针对性了！阳浩挥了挥手臂。他有些意兴阑珊地走出屋里，沿着滨江路来到高洞崖口。

阳浩懒懒地坐在路边的石凳上。

雨后的初春，料峭的湿气里寒意浓浓。阳浩望着崖口上的水流直直地坠下数十米的高空，溅落在石头上，狠狠地砸碎，化于无形中。一缕阳光射在石头上，仿佛在追问着这一切。

"妈妈，看，彩虹！"阳浩的背后传来一声稚嫩的话语。

"真是傻孩子，春天怎么会有彩虹？"孩子的妈妈对孩子笑着说。

阳浩也笑了：小孩子对美的渴望也太迫不及待了。

孩子小声地嘀咕了一句："有的，我刚才都看见了，真的。怎么不见了呢？"

阳浩转过身看见一个只有七八岁的小男孩，正转着身子，一双眼睛细细地向着阳光照射着的石头间寻觅。

"有的！看！真有的！"小男孩又高兴起来，手指着前方，想要让妈妈来分享，可是妈妈已经慢慢地走到前面去了，转过身来，对孩子说："快点跟上，小心走丢了，看你怎么回家！"

小男孩嘟着嘴，小声地嘀咕着，追了上去。

阳浩却好奇了，看小男孩的样子不似撒谎。阳浩退了一步，站到男孩刚才立足的位置，沿着小男孩刚才指的方向，仔细看了看，没有。

他又蹲下身子,在小男孩的高度,慢慢调整角度。

忽然,他暗叫一声:"嘿!"他兴奋起来,在石头边上,溅起的水雾中,阳光直射下真有浅浅的七彩光环,时隐时现,这不正是彩虹吗?稍不留神,彩虹又丢失了。再一定眼睛,彩虹又出现了。

阳浩一下子就快乐起来,真要谢谢那个小男孩,是小男孩让阳浩换了个角度,才能知道新的境界的。

是啊,换个角度。阳浩想起了刚才的烦扰。换个角度,其实自己和彩虹一样,都是在搭建一座美丽的桥,渡别人到绚丽的世界中去。换个角度,不论什么头筹不头筹,其实,对孩子们可以是一种促进,一种对新知的挑战,不是吗?

换个角度,春天也是有彩虹的。阳浩对自己说,自己是阳光,要让春日彩虹浮现在更多人的面前。

村长的保证

天刚擦黑,蜿蜒曲折的小路,直伸向山林之中。路上,一个摇摇晃晃的身影,走近了,原来是静远村的陈村长。

村长刚从乡里回来,满脸通红、喜气洋洋,是他任职以来的第一次喝醉。

村长有心情喝酒,还笑得出来,这里有情况。按照惯例,村长从乡里回来,应该是受了批评,是愁眉苦脸的才对。

从近处说,因为修路的事情,陈村长就没有舒展过眉头。

村民们聚众阻止修公路,代表人物有三个:王寡妇、刘老汉、张三。

王寡妇说:"修路是好事,可家里没男人,要钱没钱,要劳力没劳力。"

刘老汉说:"修路可以,但我就靠这几片薄地生活,拿去修了公路,我还吃什么啊?"

反应最强烈的是张三,"占我家地可以,要么给我买份社保,要么每亩地赔八千元。"

张三的提议,得到村民们的附和。

虽然修路致富,大家都认同,但真正涉及到利益的时候,人还是有那么点的自私心的。

当官难,当无钱的村官更难,村长感慨,想要真正办件实事,是难上加难！

当初，驻村干部提出修乡村公路，村长向乡里打报告。乡里肯定并赞扬了村长的想法，但申请资金驳回，因为村村通公路全面铺开，乡里不可能有这笔巨资下拨的。村长组织村两委一干人，把脑袋都挠破皮，最终决定采用众筹资金的办法。

果不出所料，村民支持修路，但对出钱出力占地方面反响强烈。

村长知道，穷乡僻壤，这种情况是必然的。

村长上下奔波，左右协调，一个月来进展缓慢。乡里对村长的动员工作不力也提出批评。每次到乡里开会，村长就低着头，大气儿都不敢喘一口。会一开完，村长除了汇报必要的工作，总是灰溜溜地趁早离开。

当然，这些村民们是看在眼里的。但是这次村长开会，不仅没有早开溜，反而在乡里喝了酒，还满脸喜气！

果然，第二天，全村的村民都得到消息，占地赔款的事情落实了。

消息准确！村民纷纷赶往村委会。

村长与村民当场签订协议，等签完协议，村民们发现虽然赔款金额如愿以偿，但却是白条。协议上说明，公路修好一年之内，所有的款项将全部兑现。

还是有细心的村民发现了问题，这终归是一张白条，万一到时村长不按时兑现呢？

也不知是哪个村民的嘀咕，村民们都警觉了。于是，就有村民开始放弃签订协议。

村长先是有些惊惶，接着就开始一一给村民们做保证。

村民们都用期待的目光望着村长。

村长知道是该自己声明一些的时候了。村长说："乡亲们，我知道大家都有担忧。请大家相信我，好吗？"

"拿什么来相信你呢？村长？"

"那么多钱,到底从哪里来呢?"

"村长,你这不会是应付我们吧?"

………………

村民们的议论,你一言我一语的,越说越多,问题也越来越大。

村长一下子站到桌子上,大声地说:"乡亲们我保证!一定给大家一个交代!"

这一下,人们倒是静了下来。

静下来的村民们都望着村长。

"你现在就给我们交代啊!"张三仿佛终于逮到了村长的小辫子,大声嚷嚷。

村长望着张三,又看看大家,扫视了一遍,然后一字一句地说:"如果公路修好后,我给大家承诺的款没有兑现,我自动辞去村长的职务!"

村长的话说完,整个场面就像没有风吹过的湖面,静悄悄的。

但是大家的心里却起了涟漪。村长在外面做建材生意,是全村第一个盖起楼房的人。但是村长没有忘记乡邻,不仅给村里的学校捐赠了新桌椅,还捐资新建了八间教室,硬化了学校的操场。

那时还没有当村长的他,说要回来带领大家致富时,乡邻没有丝毫犹豫,全票通过了选举,让他成为了新的村长。

新村长上任,似乎并没有做出什么特别的贡献。这两年,村长先是鼓励村民种植西瓜,可收成后,成片的西瓜虽然滚圆喜人,却苦于没有力量及时运送出去,结果,大半的西瓜坏在地里。村民们为一年的辛苦付出没有回报而惋惜,为地里没有种出粮食而抱怨,但值得庆幸的是,本钱是村长出的。

第二年,村长又倡议引进种植花椒。一年后,漫山遍野的花椒树是长起来了,却并没有结果。村长说明年,就可以收获。眼见着两年的耕耘没有经济收入,就只见着长势喜人的花椒树,村民们心里的想法还是挺多的。

两年来的付出都让人失望，又是这修公路的事情，也光是付出，不见效益，所以，对村长的举措，村民们生出了怀疑。

村长许诺，不兑现赔款就辞职，正中一些村民的心意。

村长见大家都没有说话，就说："我在每份协议上都加上这句话吧。"说完，真的在村民们的协议上加上了这句话。

签了协议后，村长就大肆干起来。不到一年时间，公路真的修起来，基本实现了家家通。

公路一修完，村长就辞职了。

村长没有兑现白条。

村民们已经无暇去追问，他们正忙碌着把沉甸甸的花椒往外运输送。

每个村民的心里，都希望修好的公路上来来往往的身影里，有陈村长。可陈村长已经南下，当初他的保证，是蓄意的。

到你的城市，看雪

　　林伸出手接住了飘飘扬扬的雪花，轻轻地捧在手心，雪花好美。这样的美景，是该给剑打个电话。林想。

　　剑和林当了五天的同学。五天的相聚，足以让原本不相干的人成为朋友。

　　然后就是离别。分别时，剑对林说："兄弟，有时间一定要到我那小县城来看雪。哥哥别的东西没有，小酒还是有，当然，没有兄弟你那地方的酒的名气那么大。"

　　林点点头，深情地说："哥，我们镇不仅有名扬全国的酒，还有味道不逊于名酒的美食。你什么时候出差或是旅游，一定要来看我，我找几个朋友陪你，让你喝个痛快！"

　　"好，好。兄弟，好兄弟。"

　　场面虽然俗套，但情感却十分真挚。两人的手，直到火车响起启程的声音，才不舍地分开。

　　两人在手机上，仍然三天两头聊着天。用那句名诗"天涯若比邻"来形容朋友间的这份情谊，恰到好处。剑经常对林发此感慨。

　　林回复，同感。

　　剑终究没有到林这里来过。毕竟两地相距近千里。

　　如今，林真的出现在剑所在的县城。林所在的城市，十几年没有下过雪。

林事先并没有对剑提起过这事,他想要给剑一个惊喜。特别是因剑喜欢喝酒,林可是费了一番心思。

"哥,在忙什么呢?"林翻出剑的电话号码,拨打了过去。

"喂?你有什么事吗?"电话里传来剑特别的嗓音,至少林认为特别。

"哥,我是林啊。"林感到自己有些冒昧,是自己唐突了些。自从分别后,都是打字聊的,这打电话确实是第一次。显然,剑没有听出林的声音来。

"哦,哦,我听出声音来啦。我前几天手机坏了,换了个手机,号码没有转存过来。"通过林的自报大名,剑似乎一下子醒悟过来。

"哥,在哪儿忙呢?"林心里充满着欣喜,终于可以见面了。

"穷折腾,我还是在小县城瞎忙活着。"剑的语气还是那么的随和而幽默风趣。

想象着剑一边说话,一边摸着脑袋的样子,林就说出了口,"哥,我想你了。"

"哈哈哈,怎么说话像个娘们儿啦?"剑大笑着说。

剑那爽朗的笑声,把林的思绪给拉回了现实。

林说:"哥,我真想见你呢,我到桥县了。"

"哈哈,又说笑了吧?这文字玩的游戏,都放在电话上来啦。"剑不相信是有理由的,之前两人经常聊天没事就这样调侃。

"我真的到了桥县。我来找你真有一件事需要你帮忙。"林一本正经地说,尽力把一个字一个字都说得慢一些。

"你说什么?我现在农村乡下蹲点,信号不太好。你说清楚一点。"剑在电话那头提高了音量。

剑猛然增大的声音吓得林把手机离耳朵远远的。"喂,喂,怎么没听到声音了啊?"

林听到话筒里传来剑自语的声音，赶紧说："哥，我在呢，你能听得清吗？"

"什么破地方嘛，信号这么差，总是关键时候掉链子。光是听到嚓嚓的声音。"林听到剑在埋怨，才知道剑在乡下，手机信号差。

林挂掉电话，重新拨打剑的电话，却传来一阵温柔的女生声音："您所拨打电话不在服务区。"

这时，林在桥县工作的妻弟来接林。妻弟才应聘到桥县一家国营企业上班。二十好几的妻弟，不善交际，下班后常宅在家中，至今没有女朋友！林和妻就是专程为这事到桥县来的。

妻弟把两天的时间安排得很紧凑，林竟然没有时间再给剑打电话。

林在离开桥县的前一晚，终于忍不住，再次拨打了剑的电话，还是无法接通，显然，剑还在乡下，没有回到县城。

因为这两天，剑都没有给林发消息。

林离开桥县时，给剑发了短信：哥，我回去了。我有个弟弟，在桥县火柴厂上班，希望你能把他当作你的弟弟，多提携一下他，他的社交圈子窄，快三十岁了，还没有交女朋友。这就是我这次来桥县想让你帮忙的事情。另外，我给你带来了两件"朋友正醇"酒，放在我弟弟那里。

林刚回到家中，妻弟就打电话告知，剑哥刚把酒拿走。剑哥非常开心，还表示今后一定要带妻弟出去喝酒。

剑哥也在这时回复了短信：谢谢好兄弟，好酒！可惜错过了相逢。

林笑着回复：没有错过，相逢有好酒。

很难得看到一次雪的林，想起那座城市的雪，忽然，打了一个冷战。

招生工作

　　时值炎热的暑假，又恰好是小学升初中、初中升高中之际，无数的毕业生将走向新的学校。招生任务就摆在了老师面前。

　　冯明的父亲在镇中学教书，一把年纪了，去年开刀动过手术，就上那么几节副课。然而学校竟也给分下招生的指标，不多，就五个。谁叫在本镇的领地上有两所中学呢，谁叫镇中名声不如别个直属中学呢？这个任务理所当然地落在当小学教师的冯明的身上。

　　冯明从小学毕业班老师处拿到学生花名，挑选了几个以前自己教过的成绩较可以的学生，抄下地址，择日便前往。

　　××同学家中。毕竟曾经是老师，冯明的到来，家长还算热情，端上一杯开水，"天气热，老师您还来家访。"当得知来意竟是为他孩子读书时，他以一种异样的眼神看着冯明，说："昨天有老师来过，县直属中学的老师。我家孩子已经交了预收费，报名了。"冯明只得讪讪地告辞。

　　接连走了几家，情景差不多。

　　重新向毕业班的老师要了花名以后冯明再次下村，出人意料的是仍然扑了空，较好的学生无一例外地被直属中学的老师捷足先登收走了。无奈之下，他退而求其次，想逮几个差生凑数。可待从头再来招差生时，才惊觉差生几乎也没了漏网之鱼！真没想到，直属中学一改往日挑优拣肥的作风，竟也摒弃了以往很多关系户还要花上一笔可观的赞助费才能入读的陋习，选择一把抓！

最后，冯明好不容易在较偏僻的山村给找到几名还没有报名的学生，说没有报名，其实也就是没有交预收费的意思，但却也被那些老师走访过，只因这几位学生家长在外打工，家中的监护人没有钱来报名而已。

通过一番闲侃，谈到学习读书的问题上，他搬出了"镇中的老师会分外重视你，在直属中学不能得到重视""镇中的师资力量雄厚"等理由百般劝导，却只是得到几句推脱之话——"开学时等他们的父母自个儿决定""要问一下他的父母才行"，总之一句话，"暂时没有决定！"

无奈，冯明留下自己的电话号码，也抄下他们家中或是邻居的电话，又是一番告诫后方始离去。

于是，隔三差五他便依次拨打他们的电话，很客气地问："请问某某在家吗？我是冯老师。请问你考虑清楚没有？……哦，还没决定，那好，你再考虑！我等你的电话。其实读镇中真的很好……好，那好。再见！"

冯明的父亲告诉他，没有交预收费的学生即使口头答应了，临时也可能变卦。没办法，冯明不得不像亲情电话一样，每日问候一番，哪怕结论一样，对方态度语气越来越冷也无所谓。

冯明的小舅子青松今年初中毕业，成绩一般，对学校的选择责无旁贷地落在他这个当姐夫的身上。

冯明想时间还早，便也不太放在心上。可不几天，刚知道考分时，家中就来了几位不速之客。一番介绍后，才知道原来他们是在青松的班主任的指引下找来的，是县里一所重点中学的江主任等人，负责这一片招生工作。

没有多少闲聊，直奔主题。江主任的意思很明显，青松的成绩可能在重点中学录取分数线左右，如果现在就交上几百元预收费呢，直接发通知书录取，不论他是否上线，都可以入读。这是一个诱人的条件，冯明有些心动，并且人家江主任这么大热天亲自到家中来，可见多么心诚。他准备签协议时，妻子阻止了他，说："如果考不上重点中学，勉强地去读又有何用呢？到时再说吧！或者实在考不上，就读职业学校早日找个工作也罢！"

江主任见没有再往下说的必要，就留下一串电话号码和一份宣传资料，也抄下冯明家中的电话号码，悻悻而去。

接连两天他家中陆续接待了好几所职业学校、重点中学和二类高中的招生老师。

一批接一批的老师来招生，让冯明心生倦怠。接踵而来的是他们隔三差五的电话骚扰——那是他们离去时抄去的号码，核心是关于青松的读问题。"早知如此，就不给他们了！"冯明心里恨恨地默念，"真不知他们哪里来的那么多钱打电话！"但是他们的语气是那么的客气、委婉，他都不好意思发火，只能一拖再拖。

这时，冯明不禁想起，这一切他自个儿也曾强加给别人，他在为父亲招生的时候也这样干过，而很多话，也似乎都是当初的翻版！

火热的暑假过去了，而冯明的一场奇特的又当老师又当家长的招生经历，让他久久回味。

棋痴马老三

马老三，真名叫马宗祥，在设计制作部，特长是电脑制作。想想，也就这个岗位是他的特设，不为什么，就他那犟驴性格，设计制作部还没人比马宗祥做得好。当然，这是闲话。

办公室里年轻人居中多，按大小称兄道弟便于称呼，马宗祥排行老三，年龄在办公室也排第三，加上他有一句口头禅："一般一般，世界第三。"所以大家都称他为马老三，包括几个比他小的兄弟和妹妹也是这样称呼。马宗祥似乎不在意长幼，也乐意这个美称，于是马老三就成了大家对马宗祥的昵称。而他获得"犟驴"的称号，就有"历史渊源"了。

在男女比例严重失调的办公室里，原本不帅的马宗祥是值得骄傲的。设计制作部十几个年轻人，只有三个年轻妹妹。而最漂亮的妹妹艳妮对其他人的献媚可以说是应付，或是淡然处之，甚至有时是不屑一顾。总之，面对大家的讨好和小殷勤，艳妮硬是没把大家看在眼里，想要追求艳妮的人最终都自讨没趣。所以大家又称艳妮为冷美人。但这冷美人很奇怪，那就是对马老三"情有独钟"。办公室里最能得到艳妮笑容的就是马老三，也只有马老三可以呵斥艳妮，而艳妮呢，一副服服帖帖的样子，还要赔着笑脸。大家心里看着那个羡慕啊，自是没法说，也有愤愤不平的：这马老三凭什么嘛！又不帅，又没有什么情调，不懂得什么浪漫，偏偏就得到这个公司里的一朵花的偏爱。最让大家窝火的是，这马老三平时在办公室里也就没把艳妮怎么放在心上，即使是私下里一堆男人在一起时，大家议着办公室里的女人，马老三也不过是哼哼几声。

看着艳妮对马老三的"黏糊"劲儿，大家对这"一朵鲜花插在牛粪上"事情都充满了期待。当然，好事最后没有成，不久，艳妮辞职了。而艳妮辞职，只有马老三知道，她就只给马老三留了信件。直到后来，艳妮以另一种身份出现，大家对此事才有个不完整的了解。

原来，艳妮到部门后，不仅是年轻人对她青睐有加，连那早已结过婚的主任，也打过艳妮的主意。那天，主任叫艳妮去他办公室，偏巧就被路过的马老三听见门里的一声惊叫。马老三想都没有想，提起脚就狠狠地向主任的门踢去。马老三与主任因此有了间隙。这件事没有公开处理，艳妮没有张扬，所以知道这个事情的并不多。

直到一天，办公室里的人看见艳妮傍了一个有钱的老头，回来叹息世风日下，也为马老三鸣不平。马老三这才失望地叹息了一句："她还是走了这条路。"在大家的追问下，马老三才将事情的始末道出。不过，之前的那个主任也调走了。大家这才明白为什么主任以前总是会针对马老三。

马老三的"犟"，还体现在另一件事上，设计制作部成功设计了一个项目，得到了一笔奖金，主任说请领导一起祝贺一下。还没等大家表态，马老三第一个站起来反对，还质问主任有什么功劳，这可是局里针对设计制作部的奖励，结果主任灰溜溜地离开了。后来大家都劝导马老三，马老三脖子一拧："事实就是这样，凭什么啊？"同事心里的话被马老三说出来，所以大家虽然觉得不妥，但还是很感激马老三的行为。

平时没什么爱好的马老三，就喜欢下象棋。住在职工楼里的人较多，职工俱乐部里经常有人下象棋，马老三没事时就爱在那里出现。

特别是局里职工象棋大赛后,因为出差没有参加比赛的马老三,回来就找到获得比赛亚军的施鸿,没事就切磋。有人问马老三为什么非要找施鸿切磋,马老三说:"他是亚军啊,我把亚军都战胜了,说明我与冠军相当啊。"

马老三主动提出,每一局都要以两瓶啤酒为战利品。观战的人也不少,但大家都发扬"观棋不语真君子"的精神,比赛结果当然是马老三免费请施鸿喝啤酒。有时战斗时间长,切磋局数达到十几二十局时,马老三也能取胜三五次。

后来,施鸿主动地提出让马老三一个棋子,起初马老三还不愿意,但连输连战的马老三也想捞回一些吧,在施鸿让一马的情况下,勉强获胜,马老三这才同意不对称切磋。而这之后的切磋,马老三的战绩才有了提高,但差不多仍然是输多赢少。

马老三不服气,仍然坚持,他坚信,他终有一天会超过亚军的,大家都说马老三为人为事都是痴。

沉默不语

滴滴答答的秋雨不知在凌晨什么时候停止。清晨上山的人们套了两件衣服，临近中午时，被"秋老虎"脱去了外套，穿着短袖，仍然要开空调。当然，也可能是与众人的热情有关。

这是一次普通的茶叙会，大家在一起交流认识；但这又不是一般的座谈会，三十余位来宾全是区里的英才，而且在全区是首次，所以现场氛围格外热烈。

会议是隆重的，有区委领导的莅临，也有二十余个各种协会的负责人及部分会员代表，还有刚从深圳专程飞回来参会的人才。

形式是轻松的。品着承办方的富硒茶，分享着特技人才的成果，倾听着各自的经验交流，才发现人才济济。那高大帅气的小伙竟然是省里唯一闯进全国著名声乐节目决赛的歌手申传奇；端庄秀美的青姗的书法作品入选世书会巡回展出；而那戴着眼镜，先前活跃在人群中的青年叫高风，正是在区文学群里频频发言的打工诗人，昨晚才下飞机，今天就出现在会场了。

这个高风也作了简短的发言。说发言，其实是他现场朗诵了一首原创诗。诗发表于区作协编的一本诗集里，而这本诗集是区里一家企业出资，冠以企业名称，遴选了区里著名诗人的作品。诗集是32开本，会议现场一人一本赠阅。

高风的活跃延续到了会议后的餐桌上。陌生是因为初次见面，而熟络则需要主动交际。高风深谙此道理。微笑、自我介绍、伸手、握手、举杯，不一会儿，大家似乎都结交了这个年轻的才子诗人。高风也一直笑着，说着，吃与喝并不重要，重要的是，在这样的场合，认识了这么多有绝技在身的前辈们。

承办方组织来宾们观看茶艺表演后，就是品茶时间。

大厅里的墙上挂着不少书法作品，显然是一些有身份的来宾留下的墨宝。

申传奇浏览了墙上的作品后，发现大厅中央摆放有书法桌，笔墨纸砚一应俱全。

申传奇一时兴起，提毫蘸墨，"茶山胜景"四个字便一挥而就，围观者中有人拿出手机来照相留影。

此际，高风也转悠了过来，他推了推鼻梁上的眼镜，俯首作欣赏状。申传奇刚把笔放回笔筒，欲转身离去。"提款，末尾还差一个'书'字。"有人小声地说。

高风头一偏，定睛细看书写的作品的落款，笑容立即浮现在脸上。他眼疾手快，一转身，伸出右手，一下提起一支狼毫，再转身，落笔在申传奇的书法提款的末尾，没有丝毫的犹豫，一笔挥下，"书"已经跃然纸上。粗略一看，竟分不出这是两个人的笔迹。

有人把申传奇的作品移开来。一张崭新的宣纸在桌上。高风笑意更浓。左手食指顶了顶眼镜，右手将笔蘸墨，画下了两条优美的弧线。然后他又用左手扶着仿佛有千斤重的裹着墨汁的笔，轻轻侧身，行至中间，正对着宣纸，微微俯身，起顿提收，一气呵成，"茶山古道"四个标准的方块字，端正地出现在纸上。围观者有点头的，也有出言赞誉的。

高风把狼毫放下，又拿起一支崭新的粗毫，面有喜色地说："要是用这支笔来写，更加遒劲大气。"说完，就把笔放入墨中，再小心翼翼地把自己的墨宝拿到墙边摆放好。做好了这些，高风又回到桌边，拿起刚蘸墨的新笔在新的纸张上书写起来。

等高风写完一幅，再去摆放时，青姗也和同行过来了。一直跟在青姗后面的青年，在青姗的示意下，走上前，提笔写下两个字——"一绝"，有着"一龙在天，绝伦逸群"的气势。

在场的所有人都没有出声音，只有惊羡的目光。

高风悄悄地把自己的两幅涂鸦作品揉成一团，扔进了纸篓里。

大厅外，阳光早已躲进云层里，走出屋外的人，陆续把外套穿上了。

顶着烈日往回走的时候，高风没有觉得酷热。

第三辑　牵手，凝成团结松

尊严的别名

奔驰的火车，似一个烤箱。

热，燥热。

杨刚解开衬衣的扣子，顾忌着有女同事在，才没完全赤着上身。

单位组织旅游，包了三节卧铺车厢。杨刚在7、8、9号车厢里来回走动着，当然并不能让暑热减少，只是想要把心中的燥热转移。8号车厢里，几个男人正在斗地主，边上还围坐着一个女同事琼。

杨刚走过去，看没有多少空隙，就挨着琼坐了下来，把目光落向牌局上。杨刚开玩笑说："好久没有挨着我们美丽的琼姐坐了呢。"

牌局的三个男人没有心思听杨刚在说什么，全神贯注地盯着手里的那几张牌。老王却在这时从手里抽出几张牌来，大声说了一句："我炸！"眼睛却是看着杨刚的。摇头的除了杨刚，还有琼，当然还有另外两个男人。很明显，这手牌是老王冲动了。这把牌一完，场上议论的声音就起来了，原本就闷热的车厢里更显得燥热了。

琼气冲冲地站了起来。杨刚笑嘻嘻地说："琼姐，不看了吗？再陪大家坐坐嘛。"

琼一句话也没有说，转身就去了另外的车厢。

许是刚才出错了牌，老王一下子站起来把身上的衣服脱了下来，狠狠地扔在床上。

牌局继续进行。老王的运气似乎被琼给带走，怎么打，怎么输。

终于，老王把牌一扔，嚷道："吃饭，晚饭后继续！"

晚饭是自助餐。老王作为琼单位里的家属，和大家平时都很熟悉，几个人也就喝了一通酒。没想到，一向好酒量的老王今天醉得很快，已经满脸通红。这时琼过来了，劝阻他不要喝了，怕他喝多了又闹事。

酒兴正酣的老王，瞪了琼一眼，琼就闭了嘴。琼不想再多说，就转身准备离开。恰巧这时，杨刚也吃完了，走过来笑着说："走，琼姐，我们回去。"

琼和杨刚离去时，老王没来由地端起一杯酒，一口气就喝下去。

陪着喝酒的人看出了些端倪，就推说不喝了，有个同事把自带的酒也收拾起来，说道："好了，明天再喝。"

眼见着一起喝酒的人都离开餐厅，老王瞪着老大的一双眼，鼓起的腮帮子，似乎要喷出火来。

老王推开凳子，猛地站了起来，三步并着两步奔向8号车厢。8号车厢里，新的战局已经开始了，有人看了一眼老王，客气地说："你来不？"

老王当然知道这是客套话，就摇摇头，转身回到9号车厢。

9号车厢里，睡下铺的杨刚正在和琼隔着桌子说着话。琼说："别说啦，等会儿那个霸王回来，会发癫的。"

老王刚好走进9号车厢。

一听这话，老王就提着拳头冲了上去。还没有等坐在床铺上的杨刚反应过来，老王攥着的拳头就雨点般地砸向杨刚的身上。

老王是干重力活的。杨刚当然扛不住老王的揍。杨刚抱着头"嗷嗷"大叫起来，蜷缩成一团。

等其他同事赶来劝阻时，就看见琼抱着肚子，跪在地上，满脸泪水，女儿两只手抱着老王的右手，大声哭喊着。

众人连拖带拽终于将老王拉开，临被拖走时，老王还飞起一脚，踢向杨刚。

一直叫叫嚷嚷的老王还拼命甩动着膀子，还要冲上去。

乘警被惊动了，工会主席出面向乘警解释，只是喝多了酒，已经劝阻了。

乘警离开后，琼哭喊着说："怎么不让乘警把他拉走啊？这个该死的浑人！"

鼻青脸肿的杨刚被架到7号车厢，所幸只是皮外伤。杨刚坐在床上，想着刚才发生的事情，瑟瑟发抖。

琼捂着一只眼睛过来，抽泣着对杨刚说："明天一早，你就回去吧，不然，他明天还会找你麻烦的。"

"为什么这样？"杨刚心有余悸地问。

"都到了这步，我也不要什么面子啦。实话告诉你吧，因为老王家暴，我和他都已经离婚两年了，可他是离婚不离家，想回来就回来，也不许我和任何人交往。他见到我和其他男人说话，就会吃醋，还会动手打人。"琼说这些的时候，一副痛不欲生的样子。

工会主席听了琼这话，看了看琼，又看了看杨刚，长长地叹了一口气，问道："要不，你明天就回去吧？"

第二天早晨，火车进站，大家陆续下车。酒气未全醒的老王又看到了杨刚，就又冲了过去。迎接老王的是杨刚高昂着的笑脸，笑容似一潭清澈的泉水。

"王哥。"杨刚伸出手来，递到老王的面前。

整个站台在这一刻都安静下来，同事们也都定格似地看着这一幕。长得凶恶又高壮的老王，和瘦弱却面带微笑的杨刚就这样面对面地站着。

老王原本挥动起来捏成一团的手，慢慢张开，放到了杨刚的手中。老王慢慢地低下了头。

虽然是高温的季节，但站台上，却没有了火车中那沉闷的热气。此时，一缕风轻轻拂来，每个人的心里都觉得格外惬意。

称呼问题

大军和方良的关系很微妙。

午餐是自助餐。刚刚坐下来的大军把餐盘放在桌上,就看见方良正在四处找位置。

大军站起身,对方良挥挥手,方良点头示意。

正值高峰期,大军身旁只有一个空位置。

有几个有意准备坐下的同事,大军见状认真地说:"这里有人,我的老师马上就到。"

方良终于过来了。大军立即站起,帮方良把凳子扶正:"老师,请坐。"其实,凳子是固定的。大军自豪地对身边同事介绍说:"方良是我老师。"语气和神情都是很认真的。

端着饭菜的方良,忙不迭地把餐盘放在桌子上,弯一下腰,恭敬地说:"姑父。"方良的这系列举动,会让大军闭嘴。

坐下吃饭的两人刚安静下来,旁边就有同事笑谑着问:"你们俩是怎么回事?"

大军停下口中咀嚼的饭菜,一本正经地说:"方良真的是我老师。"

"不扯。你本身就是我的姑父。"没有等大军把话说完,方良接了下句,就要站起身,向大军致敬。

"公司里的两大才子,又在互相谦让了。"边上的同事笑了笑,埋头继续吃饭。一切又归于寂静。

"三儿,在忙什么?"方良的声音让正在办公桌前闲看小说的大军抬起头来。午间休息,方良溜达着进来。

虽然科室不同,但办公室相距并不远。所以两人喜欢相互串门。

叫大军为三儿的人,并不多。大军更希望方良能喊他三哥。论进部门时间,大军资历稍长一些,论年龄,大军要长几岁。这几岁,就把两人分了年代。

"要叫三哥。"大军又把这话耐心地重复了一遍。

"不敢,不敢,你是姑父!"方良的回绝坚定得很。自然,大军也是拒不接受这个姑父称呼。

"三儿,你这些字写得不错啊。"方良瞥见了大军放在桌边的草稿纸。十分钟以前,大军用毛笔在纸上涂鸦了几个字。

听到方良的表扬,大军晃晃有些发昏的脑袋,心里升起一丝得意。大军把书撂在一边,看着方良,很沮丧地说:"可是写得没有劲,我写出来的字,跟字帖上连一成相似都没有。"

"正常的。"方良说,"临摹能写出七八分相似的已经是大家。我也只能写出三四分相似。"

大军站起身。

方良从盒子里取出毛笔。这些毛笔都是方良赠送的,方良更是精心挑选并推荐临摹的字帖。当初大军写毛笔字只是为了好玩,想在书法上找些感觉,排解爬格子中遇到的烦闷。大军听从方良的建议,闲暇之时,就会挥毫泼墨。方良常常翻看大军的临摹,做一些简单的点评,当然,以表扬为主。

方良提起笔,照着字帖,边写,边说写字的要领。站在一旁的大军,除了钦佩于方良的笔法与艺术外,就依稀记着几个关键词,挥毫起、切笔、顶、中锋等。这几点说来容易,写来真的难。大军感慨颇深。

大军有时很想放弃写毛笔字。方良总劝他坚持自己的喜好。就是这句话，让大军坚持下来，虽然每天只写很短的时间。大军明显感到自己的变化，写毛笔字以来，自己的暴躁脾气似乎收敛了许多。

　　方良很敬重大军。大军偶尔把豆腐块文章发在一些报纸上。

　　敬重大军的方良，捧出两幅书法作品请大军参考，大军一阵胡侃，差点儿成功地推荐方良把相对较弱的作品报送，幸亏方良最终听取专家意见，选择另一幅作品送展，并成功入选。

　　但方良并没有责怪大军。

　　大军见着方良，还是郑重向身边人介绍道："方良是我老师。只是我底子差，他不收我罢了。"

　　方良赶紧欠了下身子，向大军鞠躬，说："姑父。"

　　按辈分，大军的妻子，方良得叫姑姑。

　　大军叹了一口气。

　　称呼，是个问题，又不是问题。

有空来坐坐

　　启民把手抬起来，攥成拳头，握紧，再握紧，长吸一口气，摇摇头，手和心都松下来了。紧闭的门，还是紧闭的门。再一次举起手，攥成拳头，握紧，犹豫了一会儿，把食指和中指屈着凸着，他用两个手指的第二个关节，轻轻地击向门上贴着的A4纸上的"空调运行中，有事请敲门"中的"门"字。

　　原本悬着的心，在手指关节落在门上的一瞬间，就落地了。仿佛一切都已经尘埃落定。

　　"请进——"门里的声音不大，却能清晰地听到。

　　启民挺了挺身子，拉了拉衣服，清一下嗓子，推门走了进去。

　　"您好！请问您是王书记吗？"启民尽量把声音压得小，不像平时的嗓门。

　　"是的。您有什么事？"王书记从文件堆里抬起头，看了一眼启民，站起来，活动了一下手臂，又坐了下去，抬眼望着启民，同时示意启民坐在沙发上。

　　启民原本沉甸甸的心，慢慢放松下来。

　　"王书记，我，我是想来反映咱们镇上的这个单行道停车的问题。"启民说这句话时，忽然就有些结巴。

　　"又是这个问题啊——"王书记把头转回去，准备继续淹没在文件之中:"关于这个单行道,是经过县里审批的,更是为了解决小镇的拥堵情况。这个事情我们镇里可是贴了公告的。"

"单行道这个方案非常好,确实也解决了节假日堵车的问题。"听了王书记的这一番话,启民忐忑起来,顿了一下,说,"但是一些停车位,是有问题的。"

"这个问题,有不少百姓来说过,甚至来闹过。"王书记从文件堆里抬起头来,看一眼启民,又埋头下去。

启民站起来,走到王书记面前,说:"您说的是,有个别的商户不许门市前设车位吧?那确实是少数商户的利己主义思想。"

王书记抬起头来,望着启民。

"因为这是整个街道范围的增设车位行为,不是只有哪一家,或是哪几家,所以这是共性问题,大家是可以顾全大局的。"启民说,"但是通过调研,我发现,一些停车位,设计得不太合理。"

"那你具体说说看。"王书记眉头微蹙。

"整个外环,从八字桥开始,两排的门市前三米处都增设了停车位。公路路面的左侧除路口外,也增设了停车位。为了方便门市前车辆的停放,也设置了出入口。"启民停了一下,说,"不过,据我统计发现,原来街道内的门市前是有通道的,可不知是什么原因,有六个通道处的路面上没有设置停车位,十三个通道处的路面被设置了停车位。"

"那是根据需要啊!规划的时候,每排门市都留有通道口的。但若是按原来的通道口,那就会白白浪费资源。要知道,随着人们生活水平提高,私家车是越来越多的,而停车位会越来越紧张。"王书记很耐心地解释道。

"停车位本来就是为大众服务的。而我这次来,就是想向您建言的。"启民清清嗓子,"您看,这十三个新增设停车位的通道处正对着的门市,也都是做小生意的。其中,有两家是做建材,有六家是做理发、小商品、副食的，有三家是做家具的，还有两家是驾校的。"

听着启民如数家珍的情况，王书记侧着脑袋，想了一下，点点头，注视着启民。

"经过调研，我们与那二十余户商家交流，发现新增设停车位后，整体的门市上生意都稍有下滑，但影响最大的还是那十三家，收入缩水损失可能是原来的几倍。"顿了一下，启民接着说，"都是服务于民。对于这十三处，取消停车位，归还原来的路口，我们是完全可以做到的。"

"那你说一说，我们可以怎样做到呢？这十三处，每处有四个停车位，一共就是五十二个车位，可别小看这五十二个车位，在我们这里可不是个小问题呢！"王书记合上桌面的文件，看着启民。

启民从口袋里拿出一张纸来，摊开，放在王书记的桌面上，说："王书记，您看，这是我们对街面情况了解后，画的一个简单的示意图。"

桌面上的是一张几何拼图，有长方形，有正方形，歪歪扭扭的，还有一些三角形及不规则的图形。图形间，还有线条及小红叉。

看到这一张草图，王书记对启民说："您接着说一说您的想法。"

"这张图纸是我们现场去查看，然后在附近去摸排，根据居住情况画的。当然，由于绘画水平较差，可能有些走样。"启民有些不好意思，接着，他开始指着图向王书记介绍，"您看，这是在八字桥21号的通道处，对面就是滨江路，那里车道路面是四车道，可以增设一列，大概有十三个车位；在迎龙路通道处，因为这里有商贸小区，车位确实紧张，但是对面烟草楼与移民路之间，几幢住房之间，也就是这几个划叉的地方，是可以增设车位的，本身就有一些车辆在此无序停放，规范车位后，不会影响出行，还能把文明创卫落到实处。"

启民按着图，把构想一一解释给王书记听。王书记边听边思索，不停地点头。

等启民说完，王书记把启民摆放在桌面上的纸，拿起来，说："您这个有价值。如果您不介意，这张纸我就留下，我们会研究的，可以不？"

"可以的，我这里，还有一份完整的建议材料，您可以看看，也就是刚才我对咱们通道处及周边情况的意见。"启民说着，拿出一份资料，递给王书记。

王书记站起来，接过这只有两页的材料，却觉着似乎有千斤重。

启民见王书记还有事情忙，就告辞出来。

一周后，街道上十三处通道处已经取消车位。在相应周边处，又陆续增设了一些停车位。

两周后，王书记收到一份来自区政协转送的委员关于停车位的建言，内容与之前的一模一样，王书记一看，署名是卫启民。王书记点点头，会心地笑了。

拿起手机，王书记想拨打电话，这时，有人进来，小声地问："请问，您是王书记吗？"

"是的，您有什么事情吗？"王书记放下手机说。

"我是来反映情况的。"来人有些紧张，双手不停地搓着。

"您请坐。咱们坐下慢慢说。"王书记一边说，一边站起来，拿着纸杯去接水，递给来人，说，"欢迎有空来坐坐。"

三年后，王书记调到区里拟任副区长，镇上的人们都说，王书记这样的人，就该升职。不过，在王书记心底，却一直记着一个人。

一声叹息

没有广播,也没有铃声,台上台下都一片安静。

站在讲台上的人,是个年轻漂亮的女人。她举起那令人瞩目的牛皮纸袋,正面反面亮相的时候,口袋上四个还是五个鲜红的圆圆的印章清清楚楚。

"请您检查密封情况,再确认签字,好吗?"漂亮女人走到一位端坐的中年男子跟前,递给他说。

男子赶紧站起来,拿起早已放在桌上的笔迅速签上名字,双手捧着,屈着腰,呈送给女人,轻轻地说了句:"谢谢!"

这一切都是公开的,在座的人都看在眼里。接着,就是一阵窸窸窣窣的声音,很快,袋子里的东西就被发放到每个人的面前。台上的漂亮女人站得笔直,台下的人一个一个伏案挥毫,除"唰唰唰"的笔尖舞动的声音,就是心脏的不停跳动。

坐在第三排的启民看了一眼自己左边的复印纸,心里忽然涌起一股恐慌。选题是被自己所忽略的,至少是自己没有精心准备的。来不及犹豫,也来不及懊悔,一切要按部就班,没有时间思量。先搭框架,再根据情况组织"血肉"。

真的到了需要学以致用的时候,才发现知识这个东西,原本在记忆中的一切,不知何时就躲到九霄云外。启民在心里感慨。搜索不出脑子中书本上的理论，启民只能无奈地现场组织语言来涂鸦。

庆幸的是，大版块还历历在目。启民这点是胸有成竹的，平时就是这样学习与程序操作，虽然有所不同，但纲领与思想是相通的。启民边写边遐想过去的情景。将实践与操作转化成理论，启民发现这两者是有差距的。"说什么理论是实践的指引！"启民有些沮丧地叹气，"理念都被我融入到实践中，却不能再回归成理论。"这样悻悻地想，不过就是半秒的时间而已，时间不等人，必须抓紧，否则就完不成。这是考前同事的提醒，这个提醒，激励着启民又挥笔不辍。

果然，讲台上的女人说时间还有三分钟时，启民还有两个版块没有写。没有办法了，只能不假思索地狂写。"停笔！"令出如山，启民只得以"三合一"结束。其时，还有几个笔尖在纸上跳动的人，被台上漂亮女人厉声呵斥，不得不停下。

很快，另一个胸前挂着胸卡的人端了一个盒子进来。"现在抽签！抽到的序号就是下场考试的顺序。"来人说。

启民抬头看了看前方那红色闪烁的时间，已经是九点二十，比预计的时间晚了二十分钟。还没有轮到启民，他用眼神去数了数，十九个人，按每位十五分钟，大概下午两点才能结束。想着这几天耽误的事情与安排，启民暗暗地祈祷："千万不要抽到最后的几个号，不然，下午的计划又要泡汤。"祈祷完的启民看着已经抽签的人亮出的前五位的号，心里酸酸涩涩的。

当启民把手伸进盒子里时，启民的手有些颤抖。只有五张签了，有三张靠前，两张靠后，这是刚才关注的结果。启民看着盒里边上掉队的一张，又看了看成簇的一团，一咬牙从成团的里面抽出一张，打开：17号！"唉！我的个神！"启民在那刻，真想扔回去重新抽过。果真事与愿违啊！启民耷拉着脑袋。

等待是个漫长过程，特别是对被收了手机的人来说。抽好了签的人都坐了下来。再等待号令去下一场地。丰裕的时间，启民开始静下心来打量一切。

没错,这是一场考试。考生以中老年人为主,确切地说,几乎都是半百以上年纪的考生。考场是临时借用的一所中学的教室。

就在昨天下午,这些考生已经考过一场。在考试之前,就有区里相关的领导和纪检部门的领导来做了重要讲话及纪律要求,然后就是分考室入场编位考试,这架势堪比高考。第一次参加这种考试的启民心里就是这样想的。

"我就是全场年龄最大的人了吧?看,我就只差一年就退休了,却还在这里为职称做最后的冲刺。"这是在场外时,一位参考的人员说的,说着,他把头都摇成了拨浪鼓。在场的人都为这动容。

启民用力地摇了摇头,回过神来。此际,教室里的人就要沸腾起来。那位漂亮的监考老师立即禁止。于是,一切又都安静下来。闭目养神的,摇头晃脑的,伏在桌子上沉睡的,各自在静寂中找着排遣等待的苦恼的方式。

"呼呼"的声音竟然一直在教室上空萦绕,是空调机发出的声音,同时发出的还有冷空气。九月的天空,看不见底,只有浑浊的太阳还倔强地在空中巡视,偶尔把光线从窗外隙缝间溜进来,给桌面抹上一层金黄。

黑板上的小音箱里传来一阵不知名的音乐,该是原学校的课间时段。音乐惊动了逐渐沉寂的教室,又掀起一阵躁动。

启民闭上眼,开始为下一场考试准备。

恍惚间,启民听见一声叹息,不止一声,好像除了考生以外,还有来自监考的老师。

黑脸红脸

太阳升到了最高的地方。世界浸在一片金光中，路上皆是行色匆匆的人。洪菲立在窗前看着这一切，这些人和车从不同的地点出发，赶往各自要去的地方。原本烦乱的思绪愈发乱，洪菲觉着无奈，转身看看时间，是上班的时候了。

洪菲一脸凄楚与冷漠，迈进公司大门时，已迟到了十分钟。门卫黄老头刚要和她打招呼，但一见到她冷若冰霜的面容，就硬生生地咽了回去。

洪菲推开办公室的门，所有的目光齐刷刷地投向她。注视仅只几秒钟，又纷纷各自忙活去。洪菲没在意，埋头径直往自己的位置走去，不料竟撞到业务经理！一向以严厉出名的业务经理今天也很怪，转身疑惑地瞅了瞅洪菲，摇摇头走开了。

江慧见状，来到洪菲的身前，双手扶着她的肩，笑着说："怎么，吃错药啦？"

洪菲头也没抬，冷冷地甩了一句："你才吃错药了呢！"

自认和洪菲是好朋友的江慧讨了个没趣，白了她一眼，悻悻地走开了。

洪菲打完文件已近中午。要在平时，业务经理早就发大火了。他看着洪菲关心地问："心情不好啊？"

"没什么!"洪菲说,"如果没有其他事情,我先走了。"说完,她径直往自己的办公桌走去,却无意中发现同事们在窃窃私语。

"哎,你说,洪菲今天到底怎么啦?"

"发神经吧?"

"想必是和男友分手了,失恋啦,心情不好。"

洪菲狠狠地将文件往办公桌上一摔!办公室里顿时鸦雀无声。洪菲突然发作:"说呀!都哑巴啦?咋不说长道短啦!有种的当面说!"其实洪菲是被说到痛处,她确实与男朋友发生了冲突,把情绪带入了工作中,却不料这样一发泄,她的心情倒是好了许多。而她还意外地发现,平时爱欺负自己的同事竟也没敢再和她说笑。这一整天,她的脸绷得紧紧的,虽然,一早的事儿早已烟消云散。

从此以后,洪菲仿佛抓住了救命草,一出家门就将脸色烙成灰暗,一些奇怪的事情也发生了。公司往昔外地发展业务是洪菲的专利,现在换人了,使她免受舟车劳顿和风吹日晒之苦;只要她请假,没有不批准的;公司年终分红,她一改过去垫底的噩运;公司选拔中层领导,她竟被经理提名重点培养……

接踵而来的一切,洪菲想不快乐都不成,同事们嫉妒的目光似乎要撕碎了她!

这一天,洪菲起得很早,起得早是因为她的心情舒畅。心情舒畅的洪菲想让同事见到她崭新的形象。一番梳洗打扮后,她又对着镜子努力地笑了笑,然而她失望了,她发现自己的笑容是那么的机械、呆板!她再试,表情依旧很僵硬。或许见到同事就会好的,她这样安慰自己。

洪菲穿着漂亮的衣服上班去了。长发飘逸,职业套装,典型的都市丽人形象。

一进公司,她就微笑着和同事打招呼:"嗨,大家好!"同事们却轻描淡写地回应,然后以惊异的眼神瞅着她,仿佛在看一个怪物。

洪菲环视大家,忽地愣住了。

下班后,洪菲走得稍晚,刚下楼梯就听见同事在议论。

"你说,洪菲是不是有病?"

"我看有些不正常吧?"

洪菲很想冲上去说几句解气的话,但转念一想,谁让自己忽冷忽热的呢?

洪菲回到家,就对着镜子苦练微笑,想找回之前的自己。

她望着镜中冷漠的黑脸人儿,这是自己吗?她一拳砸向镜子,玻璃"哗"的一声碎了。

血从她的手上和心里慢慢地流了出来。

我们也曾经犯错

你就这样悄无声息地走到我身边,轻轻地说了一声:"老师。"我没有听见,不是我故意的,而是,我那时正凝望着面前那盘棋。

当你再一次用你那仍是轻轻柔柔的声音又叫了一次:"老师。"我偏过头,看向我的右侧。

瘦削的身影,一身中规中矩的黑色小西装。锅盖头下一张白皙的脸。脸上那双微微显出些忐忑的眼眸里,还有更多的是恭敬。

我上下打量着,不确定地问:"你,是叫我?"

你的脸颊顿时飞上丝丝的红晕,重重地点了点头,嘴间吐了两个字:"是的。"

"你是——"

"老师,我是牛航。"还是那么柔柔的声音,仿佛是从云外来的声音,却在瞬间击中我的心。

"牛——航!"如果有放大镜,我会像琢磨宝贝一样观察你,可是没有,所以我也不能在你的身上找到一丝印象。这时,我看到了你的手边牵着的小女孩,小女孩在你身边开心地对我笑着。小女孩是我的邻居。小女孩的妈妈对我说过你和她们家的关系。于是,我确定了你的身份,你就是牛航。你是我曾经教过的一名学生。

"你在哪里上班?"我按捺不住地问道。

"我刚从广州回来,准备学厨师。"依旧是轻柔的声音,还有那淡淡的歉意包裹在其中。

难以置信。我伸出手要拍拍你的肩膀,没够得着。只能就问一句:"你什么时候出去的?"

"读初二的那年。"你很老实地回答我的问话。我知道你当时的情况。

"中间就没有回来过吗?"我是随意问的,只是想了解一些后来的情况。

这一次,你并没有回答我的问题,而是低下了头,用脚尖来回地蹭着地面,隔了一会,才用一种悲怆的语调说:"奶奶死后,我就没有读书,跟着爸爸出去打工。爸爸死的那年,我回来过一次。"

我伸在空中的手,被火烫了一般缩了回来。虽然街上人来人往,车水马龙,但我却听不见看不见。

你见我久久没有回过神来,转身默默地拉着小女孩的手,刚要张口,我打断了你想要说的话:"那你现在住在哪里?"

你用羞涩的语气说:"落脚点还是有的。我有好多个姨奶(奶奶的姐妹),还有姐姐家也可以的。"

我又伸出手去,想要安抚一下,然而,我是坐着的,所以我依然够不着你的衣角。

你想要离去,我伸出手示意:"你……你等会儿。"

你很听话地静静地站在我的身边等着我的询问。

"你今年多大了?"

"十七岁。"

又是一阵冷场。就在你欲转身离去时,我脱口而出了一句:"你可知道,我那时为你操了多少心?"

我盯着你的眼睛。你垂下眼皮,紧紧地抿住了嘴唇,点点头。

"我……嗯……"我伸出的手还悬在空中,忽然之间,话被我给生生地噎了回去。

隔了一会儿，你说："老师，那我先走了啊。"

我颔首许可。你牵着小女孩的手，慢慢地向我的后方走去。我尽力扭过头，望着你渐行渐远的背影，直到你完全消失在我的视野里。不知什么时候，我才发现我是站着的，而且腿有些酸。

我掏出手机，给李老师打电话："今天，我看见牛航了。"

李老师只回答了两个字："嗯？啊？"

我知道李老师这两个字的意思，李老师放学时看着摩托车瘪软的车轮气得跺脚；看着那被小刀划了长长口子的皮坐垫满脸怒火；听着不时又有同学哭着嚷着说东西不见了的故事重复发生，这些故事的"罪魁祸首"都是你，却苦于没有你的现场"罪证"，而你又"顽抗到底"。

我又给王主任打电话，告诉他我看见你了。

王主任回答还要简单些，只有一个字："唉——"

我懂得王主任叹气的缘由。学校时不时有家长或是邻近的人来告状，自己家里的财物丢失，或是被破坏，看见有个小男孩的身影曾经在附近出现过，像是学校的某个同学，而这个同学当然就是你。更让王主任叹气的是，在你的鼓动下，你身边的小弟弟们也逐渐被你带动起来。把你叫到办公室训导，那斜睨着眼睛，摇晃着小脑袋，咬牙切齿，紧攥着小拳头的，就是你。

遇见漆校长，我告诉他我看见你了。他不断地摇头。这个动作，我明白的。你自幼没了母亲，又有一个不务正业的父亲，奶奶又有病，还有一个同在学校读书的姐姐，你的家庭是公认的特困户，但你却又是那么的不懂事，不断闯祸。学校与周边住户都想将你开除。是漆校长，不仅没有嫌弃厌恶你，还把学校极少的帮扶救济机会都考虑给你们姐弟俩。然而，你又都做了些什么来回报？周末，你知道校园里没有人，于是，翻过围墙，砸坏玻璃，撬开铁锁，钻进办公室或是教室里一通胡搅，实在是屡教不改。

小学毕业后的你,刚进入当地初中,就染了发,而且在派出所也"挂上了号"。

我们一直承认,你所犯的一切错,是我们教育的失败。

而你今天的出现,我再次问了邻居小女孩的妈妈。邻居说,今天的你,不是当初的那个人。我问转折点是什么。邻居说,应该是你见证了你父亲与人打架的血腥恶果——以生命为代价。

这本不该庆幸,但又堪称侥幸,毕竟挽回了你年轻的生命和险些堕落的灵魂。

告诉你这些,是因为我们曾经犯过的错。我们,也应该包括你在内的。

还想告诉那些即将或是已经这样犯错的人们,别让我们在你身上犯的错,再重演在和你一样的孩子身上。

一场和钓鱼有关的招聘

天气炎热,河边是避暑的好地方,也是钓鱼爱好者聚集的地方。

河边一阴凉处,三个刚大学毕业的青年在求职的间隙,相邀聚集在一起钓鱼。

钓鱼是趣事,人钓鱼,鱼也钓人,还有蚊蚋也会趁机饱饮人血。三个青年就正面临着这样的"战争"。一人是短袖,自是引得蚊蚋群起而攻击,惹得他坐立不安,不停地挠来搔去。只不一会儿的时间,疙瘩红包遍及手臂。原本就钓技不高的他,又被蚊蚋骚扰,索性收线停钓,在各个钓鱼者之间游行。

另一青年也是短袖,不过,他勤于追打偷袭人的嗜血者。但由于忙着穿饵,竟然让蚊蚋给侵袭成功。等他发觉疼痛,手里微微一动,准备击打时,蚊蚋已经惊动而飞。他恨恨地死盯着这只细小得几近看不见的小飞虫,终于,禁不住饿的小虫子还是停在了他的手臂上。他咬咬牙,把早已举起的手狠狠地拍击在蚊蚋的停身处。鲜红的五爪印在他的手臂上,中间是带血的蚊蚋的尸骨分成若干的碎片溅在血迹之中。他咬牙切齿地说:"就不信打不死你这挨千刀的!"蚊蚋的骚扰让他以击打蚊蚋为主,钓鱼倒成了副业了。

似乎只有第三个人较为明智。只见他从包中掏出烟来,点燃,衔在嘴里,吹出一口烟来。一支烟刚抽完,另一支烟又迅速补给,倒是一副其乐融融的样子。而时不时,也会有鱼儿上钩。

在旁边有一位中年人。只见这位中年人头戴牛仔帽,身穿长衣长裤,坐在河边一动不动,静静地守候在鱼竿前,似乎没有蚊蚋进攻他。

他看着三个青年的钓鱼景象,轻轻地笑了。

数日后,三个青年一起参加某企业面试。他们惊奇地发现,主考官竟然是当初一起钓鱼的那位中年人,企业的董事长!

简单地询问后,董事长给三人同样一张纸条:厚德容物。

三人自觉羞愧,均没有再去企业报到。

董事长摇摇头,长叹了一口气。与董事长一起招聘的考官也一头雾水。

董事长把三个青年钓鱼的情景简单地说了一遍,然后问道:"你认为该怎样?"

这名考官想了想,说:"钓鱼本就是养性。等鱼上钩的过程,是艰辛的。外物的侵扰,不可避免。放弃绝不是最佳的选择。这就是您给他们纸条的意思吧?"

董事长点点头,微笑着看着考官。考官又思忖一下,道:"其实,您也包容了他们经验的不足,已经是给了他们三个机会,可惜他们却曲解了您的初衷。这就是您觉得遗憾的真正原因。"

经验与经历,都是成长。这是董事长没有说出来的话语。

三个钓鱼的青年或许自责于钓鱼时的行为,但这场招聘,真的与钓鱼无关。

一张珍贵的罚单

方平驾车进入县城时,正是阳光洒落在这座小城里时。

"嘀——"方平扫了一眼手机,是招商局的周局长发过来的短信。不用看,方平知道周局长信里的大概内容,肯定是让方平回到了县城时要给他回电话。

方平微微笑了一笑,他要先了解真实的情况。

昨天的独自转悠,方平挺满意。十年间,变化挺大的。

进入城中心,方平猛然想起需要去建设银行去一趟。在方平的印象中,建设银行在城中心商场隔壁。距离不远,可方平才发现,找个车位挺难的,不是马路狭窄,不是车场或车位不足,而是经济发展的结果,很多地方不能停车。这个变化,方平是感到欣慰的。

商场路的进口处路面比较宽阔,进口处是不能进车的,摆着两辆板车,是流动的水果摊。

方平把车摆放过去,正对着其中的一辆板车,一下车,响亮的声音就传来:"买水果,品种繁多,随便看随便挑。"

方平一抬头,就看见说话的青年,一脸笑意地看着方平:"要水果吗?来看一看嘛。正宗特产,包你不后悔。"

方平轻轻地摇了摇头,刚想问话,青年老板已经转过身去,向其他人吆喝起来。

不及多想，方平决定快速去把事情办妥。

半个小时后，方平再次回来，迎接他的，还是响亮的声音："来买水果，包你不后悔。"

方平看见的，却是车窗上一张飞扬的纸条。

走近取下一看，是张罚单！处理时间，是自己下车后的五分钟的时间里。方平左右看了看，没有见到执法车和人的影子。

"需要我的帮忙吗？"一个陌生的声音在方平身边轻轻地响起。是卖水果的青年，依旧是笑意漾在脸上。

还没有等方平从疑惑中发问，青年直截了当地说："这里严禁停车，你这是违章行为，要被罚款和扣分的。"

方平看着自己手中的单子，吃惊这份十余年从未和自己接触过的东西。

"趁现在还没有输入电脑，我有熟人，可以帮你搞定这事。你可以只花一半的钱。"卖水果的青年热情的话语再次响起。

"我只在乎你……"电话铃声响起，方平拿起电话。"方总，现在在哪里啦？"是周局长的声音。

"我已经到县城里，正在商场路口。"阳光不知在什么时候已经藏匿在云朵里，方平抬头望天。

青年还想要搭讪，见方平不愿意理睬，又大声地吆喝起来："来买水果，包你不后悔！"

十分钟不到，周局长出现在方平的面前。热情的周局长立即邀请方平去酒店。

方平没有在县里投资，说环境不错，只是人文关怀还有些欠缺，必须要撤。这让周局长有些搞不清楚状况。

周局长对方平在县里的情况进行了调查，终于弄清了事情的原委。

周局长没有去帮方平撤消罚款与扣分，而是做了一个决定，辞去了招商局的局长职务，到县交通执法大队任职。必须要撤，这也是他去交通执法大队的主旨。

周队长把自己的近况以信息的形式发送给了方平。

方平收到信息后,回首自己童年时就因生活所需随父母背井离乡地生活,到有了自己的事业,中途极少有回到家乡。最近的一次,也该是十年前了吧。如今的变化,确实让他感慨。想到此,一股热流从方平的心底激越而起。

第九把刷子

　　干帕子盖在他的头上,他迫不及待地用手毛糙地擦了把脸,睁开眼睛,就看见了横在盆子里的那把刷子,这把毫无生气的刷子。

　　猛地,他看见刷子上的头发,是一丝。该是它刚才在自己头上折腾时留下的证据吧。

　　他马上又否定了自己的看法,因为,他的头发,没有这么长,之前没有,现在也没有。

　　他在转身的时候,一只手无意地就捋上那丝头发,没有生机的刷子在他转身的瞬间,被带出面盆,在空中划了一道优美的弧线,然后,优雅地掉落在地面上。

　　许是他没有注意,一脚踏了上去,不偏不倚,刚好踩在刷子上面。

　　"啪——"刷子碎了。

　　"啊——"他叫了声,"没注意,不好意思——"

　　"没关系,只是一把刷子而已。"刷子的主人,一个系着洁白的围裙的中年男人,他是这个店的店主。店主的双手刚从面盆中脱离,刚与这把刷子合作过才分开,刷子就改变了命运。

　　店主用脚踢了踢破碎了的刷子,把它清理到门口。店主示意擦完头的他重新回到椅子上坐好。

　　店主一边邀请他坐下,一边说:"也不知怎么的,这个刷子经常被甩出去踩坏,这该是第八次,还是九次了。不过,一把刷子不也值什么钱。"

他"嗯嗯"两声,眉头略略地皱了几下,想要说什么,又咽了回去。

店主帮他把帕子放好后,拿起推剪继续修饰他还参差不齐的头冠。店主的技术确实不错,店子里除了小电机"呜呜"的声音,听不到其他杂响。

他闭上眼,皱着的眉头慢慢舒展开来,一副惬意的表情。

什么时候完了工,他不知道,只是在店主的一声"好啦——"的提醒下,他站起来。

他对着镜子左看右看,再用手拨了拨平整的发梢,此刻,满意都写在脸上。

付钱的时候,他说:"刚才踩坏了你的刷子,一并算进去吧。"

"不用,不用。一两元钱的刷子,我多的是,我准备得多。"店主客气地说。

他又是一愣,张嘴欲言,却又看了店主一眼,生生吞了回去。

走出门,他就看见了门口的刷子,那把被他刚才踩碎的刷子,正蜷缩在角落里。他有些恨恨地瞪了刷子一眼,正是它,用它那刺一样的毛刷,在他的头皮上无情地攻击。在它攻击他的头皮时,他正无奈地低着头。他那时感觉自己从头到脚都在被洗涤、冲刷。甚至有几次,他都有想要站起来让店主停止冲洗的行为,也就在那时,一种异样的感觉从心底里升起。

迈出店门,他回首看了看店名——金剪。旁边也是一家同行,与本店的门可罗雀相反,不仅师傅多,而且,排队等候的人也多。终于有一个从那家店转移方向,向本店走来。

他笑了,又会有第十把刷子与门口破碎刷子的残骸为伴了。其实,他多希望不再有第十把刷子遭遇这样的命运。

夕阳的余晖,照在门口。他摇摇头,轻轻叹一口气。

传染病

梅子放下电话,人就蒙了。

好一会儿后,她想到天伟,她给天伟打电话。

天伟很快就出现在梅子的家中。

她和他坐在沙发上。

该怎么办呢?梅子仿佛见到了救星,迫不及待地把她的难题扔给了天伟。

"什么事情?"天伟水都还没有喝一口,就问。眼里全是关怀。

梅子一边把水杯递给天伟,一边说:"有个孩子得了传染病,可能是肺结核。"

听到肺结核这个词,天伟的身子明显地弹动了一下。天伟抬起头来望着她,紧张铺满了一脸。

"到底是怎么回事?"天伟问梅子。

梅子站起来,又不知所措地转了半个圈,左手敲打着右手心,说:"刚才学校领导给我打电话,让我通知班上的家长,带着孩子到县人民医院去检查,防治肺结核。"

"为什么?"天伟放下水杯,问。

梅子说:"是县教委通知的学校。据说是我们班上一个孩子家长带孩子去县中医院检查,被查出是疑似肺结核,中医院通知了县疾病预防控制中心和县人民医院。县疾病预防控制中心和人民医院就通知县教委，让学校务必控制扩散。"

"那具体的意思，就是让我们通知家长，让班上每一个孩子都去仔细地检查一遍吗？"天伟语气中包含着不可思议，话语声调高扬起来。

梅子茫然地望着天伟，又望着窗外。窗外，大红灯笼已经在街道旁边的树枝上，整齐地挂着，还有那五彩的灯，铺满在装饰树上。还有几天，就是春节了。

"是哪个孩子被查出肺结核？打电话问一下家长。"天伟略一沉思，问梅子。

梅子摸摸口袋，又原地转了一圈，说："孩子是张强。哎呀，通信录在办公室里，找不到家长的电话。"

天伟掏出手机，自言自语地说："我这里应该有张强家长的电话。"

张强的家长接到天伟的电话后，把事情的始末倒了出来。

快放寒假的时候，张强就有些咳嗽，也去买了药，找了镇上的医生诊治过。没有想到，张强的咳嗽持续了近一个月，并没有消减，反而加重。张强的家长就把张强送到县中医院里检查，结果，CT出来，右肺中叶及右肺下叶背段有不规则片阴影，边界不清，特别是主治医生听说张强咳嗽时间二十多天，没有好转后，表情严肃，给张强开了单独的病房。张强的爸爸说，他那时才知道，张强被诊断为疑似肺结核，已经上报给区里的相关部门。

挂断电话，天伟看着梅子，好一会儿，才说："再等等，不能这样通知家长。"

"可是，如果让肺结核在孩子们中传播，再扩散，那后果不堪设想。"梅子的眉头皱成一团。

天伟摇摇头，又摇摇手，加重了语气，说："这样通知下去，还

125

是不行！"

"为什么不行？"梅子一口就接了下去，反问。

"万一，万一……"天伟被梅子问得不知该怎么说下去。

"还万一什么呢？不是得按照上级领导的意见办吗？"一再犹豫不决的梅子，仿佛一下子有了主意。

"我觉得不应该这么操作。按我的方法，我会再等。"天伟说这话的时候，也缺少了力量。

这时，梅子的电话又响起。是校长打来的电话。

校长的电话成了梅子的定心丸。

"你看，你才把班主任工作移交给我，我就遇到这种事情。哎！"梅子甩甩头，又点点头。

天伟叹了一口气，告辞离开了。梅子去办公室找出班上通信录，费了好半天的口舌，把全班的家长一一通知到。

梅子再放下电话时，天已经黑了下来。梅子刚想松口气，忽然想起自己的孩子。

第二天，梅子带孩子去医院检查时，在县医院看到班上的家长大多数都带着孩子在医院里照CT。

再过几天就过年了。梅子看着孩子和被家长领着在医院里忙碌，家长那焦急的表情，想着这些，梅子觉着心里像堵了什么东西一样。

一周过后，张强的家长打电话告知梅子，张强在省医院核查，确诊是感冒引起的肺炎。

县中医院的诊断是疑似。

梅子彻底地吐了口气，却又想起，几近全班的家长，那几天拥挤在医院里检查的情景。梅子揣测着班上的孩子与家长们，是怀着什么样的心情过的年。开学后，自己又该怎么对家长说，关于传染病的事。

路，路

　　"轰隆隆"忽然一阵声响，吓得我一个惊慌，原本握在手中的柴刀，一下子就滑落不见，待我定睛一瞧，前面却是悬崖！好险！

　　说这话的除了我，还有同行的桂渠和魏来。

　　桂渠和魏来是我自小玩到大的死党，用形影不离来形容我们仨当时的情景，最是恰当不过的。

　　这次，我们三人聚在一起来这片荒野挑战野外生存。

　　我们准备得并不太充分，只是带了一些简单的必备生存工具，比如每人一把柴刀，结果，在第一天的披荆斩棘中，柴刀就快要完成了它的使命。当然，柴刀也帮助我们减少了身体受到的伤害。

　　我们除了面对荆棘外，还要应对突发的从林中蹿出的野兽与毒虫。要不是我和魏来鼓励着桂渠，他早就返程了。

　　在我们发现前面是悬崖时，雨也就从阴沉沉的天空中倾注了下来。我们往后退了几步，发现背后不远处，恰好有一个山洞。我们三人躲了进去，幸好山洞里还有些干的柴禾，点燃后，凉凉的身子渐渐暖和起来。

　　"我们休息一阵后，再重新开辟路径？"魏来看了看天，又看了看桂渠。

　　桂渠默默地从包里把备用药品拿出来，乱七八糟地摆放了一地，一言不发地涂抹着伤口。

清理完伤口后的桂渠,胡乱地把药瓶塞进背包,倒头便睡,临闭上眼时,撂下一句:"我明天就原路返回。"

"小京,你呢?"魏来望着我。

我看看桂渠,又轻抚一下手臂上的伤痕,把头一昂:"我当然选择前进!"

我们再醒来时,第二天的阳光已经照进山洞。桂渠已经离开,他给我们留了张纸条和一些食物药品。

魏来摇摇头,叹了一口气。我跟在魏来身后。由于前面是悬崖,我们自是不能一步迈过去。站在山崖前,我们决定沿着峭壁攀缘着下去,再翻越对面的大山。当然,我们得冒险。这峭壁下去,一个不小心,就会摔个粉身碎骨。

天气很怪,昨天才下过暴雨,令人寒冷发抖。可今天的阳光又拼了命似的炙烤着裸露的岩石和我们弓着的脊背。

当我和魏来总算沿着山壁下了山,身上又增添了几道血痕。我们喘息间,发现迎接我们的却是一条涌动着的暗河。

河水太深,趟不过去只好沿着河边走了一段,在一激流处,我们砍倒一棵大树,倒向对岸,刚好。

在魏来的示范下,我是一步一摇晃,三步一歇息地摸索从树桥上挨了过去。刚一到岸边,我就全身瘫软下来。我发誓,这样的峭壁,这样的树桥,我绝不再走第二次。

这一刻,我有些思念桂渠了。

我瘫坐在岸边时,魏来一直在不停地走来走去,手上也在不停地忙活着。我知道,他已经又选择好了前进的路线,也做好了随时出发的准备。而我,却还心有余悸着。

"你看,这里不正是小桥,流水,人家。如果,我们在这里安家的话。"我有些求助地望着魏来。

魏来对我的话语却没有反驳，而是转身，用坚定的步伐向前方迈去，只留给我他那坚定的身影。眼看着他渐行渐远的背影，我挣扎地站进来，大声喊道："等我！"

　　风，也就在这时，呼呼地作响起来……

桃花雨

德荣慢腾腾地游荡在小路上，一个不留神，险些把自己摔进路旁的地里。

德荣在发怔。

定了定神的德荣，把目光散漫地撂在路旁的几棵树上。

正是午后时分，路旁的一棵树上，还有残留的一片雪白。

阳光温柔地泼洒在树枝上，也轻轻地包裹在德荣身上。

又一缕风来了。那片稀落的"白雪"摇曳，片片"雪花"就飘飘荡荡地飞舞到地上。

还有几片，淘气地落在德荣的衣服上，和着春日的阳光，怎一个美字了得！

这样的美，并未能留住德荣的脚步，也是德荣深感遗憾的事。当然，这是后话。这样的淳朴，怎么能让期待着怦然心动的德荣留驻？

有想法的德荣，脚步就不自觉地快了起来。

路旁，李子树挂着稀散的白花，德荣觉着，这白花，犹如朝夕相处，而在一起生活了十几二十年的人，对这一切早已习以为常。

也就在这时，前方一簇，甚至可能只是一小抹的粉红，进入了德荣的视线。之后，德荣就嗅到了那香艳的、浓郁的、醉人的气息。

前面，就是桃树林。

在这一段路上,皮鞋踢踏着路面的声响,演变成一种节奏,有起伏,也有震撼。

德荣专注地往前奔的时候,白色的花瓣里,不乏有歪着脑袋的,也不乏有伸出枝条阻挠的,更有扬起花蔓的,可德荣总归是不管不顾,勇往直前。

白花之外,突兀而起的娇艳,瞬间把德荣的目光牵引得牢牢的。似乎天地间,此刻就仅有这番景致。德荣的心里犹如数万只蚂蚁,来回穿梭。

午后的阳光并没有被云朵遮掩,反而将乌云点染成云彩。这也是德荣洋溢着满心欢喜,而无意仰望时发现的。云彩未能留住他的视线,也更拽不住他的脚步。

桃花的笑靥,有足够的魅力。

桃花的招摇,抑或是那一阵风的怂恿,就从那单调的白,平凡的静中,引诱了德荣。

德荣的自我平衡心理术,只有一句话:点缀他人,何不染指于我?

美,迷醉了德荣的心神。

初入桃花林,德荣找不到自己。每一片花瓣,都是一个笑靥,炫目的脸庞还带着醉人的酒窝。每一个酒窝里,都散发出香醇的气息。还有花瓣,用她那娇嫩的肌肤,用她那白如玉的手指,就那么轻柔地拂过德荣的脸颊,甚至,钻进德荣的胸前后背。

桃花的花瓣就是为自己而生的。德荣感慨道。

感慨着的德荣索性躺倒在地上,地面铺满了厚厚的花瓣。花瓣拥德荣于怀中,德荣倾身心于花瓣中。此际,早没有了花瓣,也没有德荣。花瓣的娇嫩妩媚,德荣的激情与投入,就是一体。谁也不愿意有片刻的分离。

暖暖的阳光,柔柔的风,蜜蜜的味,艳丽的花瓣,悄悄地掩住德荣的眼睛,把德荣引进了梦乡。

德荣猛地睁开眼睛时,一身冷汗。那漾着小酒窝,笑成弯月牙的笑靥,忽然张着血盆大口,正要吞噬着德荣,曾经的笑容,变成哀怨,还有幽深。

一个寒战,德荣陡然觉着寒意加深。天空中,太阳偷偷地藏匿去了,只有不知从哪里钻出的暗黑的云朵,正急急地笼罩在头顶。

德荣忙不迭地想要站起来,却又怕弄疼了盖在身上的,还有散落在四周的桃花。心慌中的德荣惊觉那香气已经遁去。花瓣中没有了娇滴滴的身影。稍作犹豫,德荣站起身子,不再顾忌花瓣的感受。

站起身的德荣,用力地拍打着外衣。外衣上面,沾着不少的粉色的花瓣。德荣有些手忙脚乱,花瓣还在继续。

德荣开始想要逃离。

左右望去,满眼尽是桃花,四处皆是横七竖八的挡住去路的树丫。

德荣心里就有了忿恨。

偏巧,一片花瓣飘飞在眼睑,德荣用力地撕抓。惨笑着的花瓣的碎片,从德荣手中,重重地跌落下去。如果花瓣可以发声,凄厉的声音定会惊天动地。当然,德荣听不到。

德荣开始奔跑,来时的路是不能退回的,只有往前冲。任树枝横扫,任脚步践踏,任花瓣飞舞。

雨就在这时来临。

是飘落的花瓣,也是惊蛰的春雨,混在一起,搅动着泥土,黏在踉跄而行的德荣身上。

德荣跪倒在地面上,眼前一片恍惚,白色和粉色,不停地转换。冰凉,从身体浸进心里。

站在散场后的舞台

　　方平紧赶慢赶，终于到了会场。会场是在露天临时搭建而成的。

　　不用看时间，只看会场当前的情景，方平便知道自己错过了时机。确切点，不是错过了最佳时机，而是错过了整个过程。因为，现场凌乱的凳子与舞台的框架背景昭示这里曾经热闹的场景。此刻，冷冷清清，几乎不见一个人影，即使场外偶尔有稀疏人影路过，也不会驻足停留。

　　方平慢腾腾地向舞台走去。作为本次活动最主要人物的方平，本应该坐在最显赫位置，做卸任前的重要讲话。若不是临时去处理突发事件的话，那么第二天的主流媒介都会报道他参与的这次活动及重要讲话。

　　对这样的场合方平其实经历太多，只是这一次是他的最后一次，说心里完全没有失望，那是假话。

　　正在遐思之际，方平却发现舞台上一个人正在比手画脚！方平悄悄地走近，安静地选了一个位置坐下，才发现这个人正在表演！

　　演员面对的不是他自己，也不是台下的方平，而是台下数以万计的观众。表演者鞠躬谢幕的时候，方平忍不住站起来鼓掌。方平走上台去与表演者交谈得知，表演者是跑龙套的，当晚留下来值守，闲着无聊，便把刚才名角表演过的一段模仿了一次。不过，他还是非常感谢方平的光临。

　　方平站在舞台上，彩幕已然卸下，彩灯早已失去绚丽的光芒，孤寂冷清地在黑暗的角落，台下没有一丝声响。这是曾经辉煌热闹的场景吗？这是曾激情四射的舞台吗？这是曾有耀眼明星演绎的地方吗？如今，这一切，物是人非，唯留下自己，独自站在阴冷的灯光下，寒心而又惊心。

　　表演者似乎忽然想起来，问方平："你有什么事吗？"

　　显然，表演者并不知晓方平的身份。方平摇摇头，说："我只是来看看。"表演者轻轻地说："散场后的舞台都是一样的。"

　　方平心里一颤：散场后的舞台！

　　人总要站在散场后的舞台，不论曾经是多么的荣耀，多么的显赫；不论是权势，还是财富，身外之物都将随风逝去。而独自要面对的，都会是一个人的冷清舞台。

　　整理了一下衣物，方平在心中下了决定，掏出手机准备给想聘请他当顾问的企业老总回个电话，这可是拒绝的简单理由。一看时间已是凌晨两点了，方平轻轻地笑了。

被举报成就的"省优"

"听说没有？海被举报了？"长明故意扯着嗓子，朝着树下正扛着锄头路过的人大声嚷嚷。

扛着锄头的人眼也不抬一下，只是用手把木柄握紧了些，耸了耸肩头。六月的天气，火一样的阳光炙烤着大地，火辣辣的阳光直盯着背上，还是有得受的。路过的人与长明是邻居，似乎被热浪烤蒙了，没有精力搭腔，默默离去。

长明见自己的吆喝没有引起大家注意，自觉没趣，便提上那别致的水杯，往场集里去。杯上隐约几个"北京 人民代表"的小字样，在阳光下被反射的金光闪闪的。

"海被举报了，听说没有？"休息时，村里的人们总爱往这河边小屋里凑，大自然的风与蓝天碧水都汇聚在这里，回赐予村民们。

长明如愿地把他想要传播的消息扩散了出去。

第二天，县纪委来了几个同志，先去了驻村工程改造项目部。

悄悄追随着去的，还是长明。纪委的同志和改造工程项目部的会计倒像是公开审理一般，嗓门大得吓人。所以，在门外偷听的长明听清了最重要的一句话："海在这里领过三次钱。"

得到这个确切消息的长明，立即飞奔回家里，打电话将这个信息通知了这次涉及土地房屋拆迁赔偿的农户。长明开头一句是："我早就说有问题，你们不相信。"挂电话前最后一句是："马上到村委会集合。"

长明赶到村委会的时候，纪委的和工程项目部的人恰巧也刚赶到。对村民们的自发到来，大家都感到惊奇。最感到惊奇的是海。

海原本黝黑的脸，只是在这时显得更加黑。听说来者是县纪委的，一股悲哀的表情慢慢浮上略略有些涨红的脸，翕动着的嘴唇，终于蹦出了个"请"。

纪委的同志见村民也到来，示意大家都到村办公室的会议室里去。海被叫到一间单独的办公室里问话。

纪委里有个领头模样的人做了个简单的开场白，告诉大家，他们是来了解情况的，希望大家知无不言，对违法犯罪的行为，绝不姑息。

长明第一个站了起来，大声地说："我知道全部情况，举报信就是我写的！"

不等大家做出反应，长明又说道："海克扣村民们的改造补偿款！工程项目部赔偿给我们的每平米明明是 26 元，他却把一部分给我们算成 13.5 元每平米；他在给我们丈量占用田地与房屋时，故意损公肥私，虚报了面积。而这些剩余的部分，都被他据为己有。"

在说到面积与单价时，其他村民也点头表示赞同。不过在说到被海据为己有时，大家都挺茫然。

没有等纪委的人说话，工程项目部的人先开了口，重重地说："我先与大家核对一下数据吧。"说完，他拿出表册照着念了一遍，在大家都确认无误后，这位工作人员叹了一口气，说："这是经过我们总公司的领导审批核算过的数据，主占道赔偿是 26 元每平米，至于一部分 13.5 元每平米，是海多次向我们公司领导申请提出，会影响村民生产，就按半价赔偿，公司领导经研究认同，按规定应该赔付给被占用的村民的。如果大家是按这个数据领的赔偿金，那么，事实就摆在面前。"

"你们是勾结在一起的！你们把回扣都支付给海了！是三笔，我刚才还听说的！"长明站起来大吼一声！

纪委领导点点头，站起来沉声道："确实有这回事。是工程项目请海做调解工作，每参与一天支付80元。第一个月是1040元，第二个月是640元，第三个月是320元。"

"海作为村干部，这些本就是应该的工作，这摆明就是向国家伸黑手！"长明逮住了"尾巴"，自是不依不饶，"还有，被占用的水井，是8000元一口，为什么只有6000元一口？那差的2000元哪儿去了？"

项目工程人员大惊失色："8000元一口！？没有这个价啊？"

一个肢残的村民慢腾腾地站起来，大家都清楚，他是在工地上出事受的伤，现在基本失去劳动力。这位村民小声说："我家被占用的那口井，是赔偿的8000元。其他村民的都是6000元。"

所有人都面面相觑。正在这时，询问海的人员过来了，其中一人说："是海把从项目部领取的三个月工资私下里补偿给了这位村民的……"

会场突然静得出奇，之后，好几个村民开始抹眼睛。

纪委领导转过身来，语重心长地对长明说："长明啊，你那在京的表叔也给我们打了电话，再三强调，因为你的心胸原因，不适合做村里的父母官。希望你好自为之……"

半年后，海被评为"省优秀党员"。

山间路上，仍经常看见一个黑脸的中年人，骑着"突突"作响的摩托车穿行在其间，正是大家口中的书记——海。

第四辑　风雨，经历过后呈彩虹

种植一株花

一

方平到同事家小聚时，被同事家阳台给吸引住了。

满阳台的花红草绿，活脱脱的一个小型百草园。最吸引方平的，却是窗台上那顺着窗格子爬的条条绿藤。

同事说那是常春藤，易栽易活，心血来潮的方平离去时，就掰了一株常春藤回去。

方平专门腾出一个花盆，培了自认是最好的土，迫不及待地把这株常春藤种了下去。方平也学着同事的做法，放置在窗台上，还把长长的藤条轻轻缠绕在窗棂上。

常春藤稍有些枯黄的叶子，种下的第二天就又绽放出生机。

那时候，正是仲秋。阳光却出奇的好，宛若春日暖阳。而方平惊奇地发现，暑假中朋友送的那放在窗台上塑料口袋里的一个苕花种竟然也发了芽！

方平惊喜之余，又另找一个器皿装上泥土，把苕花种栽了下去。

以后的日子里，方平每天都会亲自给两盆花草浇水，连方平爱人也觉得吃惊：从来没见方平对花草有这般上心过！

苕花长势喜人，是常春藤不可比拟的，仅仅半个月的时间，苕花就长到近一尺高。方平看着苔花,那个高兴劲儿就甭提了。

然而,方平的高兴没能持续几天,意外发生了。

一天方平下班回来,猛然间发现,苔花的枝芽被拦腰折断了,两天后,枝芽就完全枯萎!

终究耐不过寒冷的天气。方平在心里暗叹。

失望之余的方平再看常春藤,不知何时,常春藤也已经进入了"休眠"状态!

寒潮把暖阳侵蚀了,冬天来了!

方平不再给两盆花草浇水。在窗台上,渐渐被淡忘。

阳春三月的一天,方平猛然记起常春藤和苔花来,常春藤的藤条已经枯死了半截,而苔花,压根就没有发芽的迹象!

方平端起常春藤的花盆,这曾经肥沃的土壤,轻盈得似一团浮草!而苔花的土,板结如石。

方平又开始给两盆花草浇水,常春藤发生了细微的变化,方平每天盯着,怎么也发觉不到。而苔花,却似乎只有一次生命,错过了,就不再来。

眼见着别人的花草郁郁葱葱,方平扼腕叹息,这什么样的种?春暖花不开!

二

我是一株常春藤。之前的事情就不赘述了,就从我在那家窗台上的事情说起吧。

这家主人是爱生活的,也是爱植物的,所以才种了这么多花草在阳台上。什么水仙、紫茉莉、菊花、鸡冠花、吊兰、芦荟等应有尽有。当然,还有窗台上的我们常春藤一大家族。

说实话,我在我们常春藤一大家族中,是出类拔萃的,虽然我不是最粗壮的，也不是最茂盛的，但我与其他的常春藤是不一样的，因为我比他们多了一个小疖子。别小看了我的这个小疖子，这可是我智慧的象征。

可惜，我的主人因为拥有了太多的花草，竟然对我视而不见。

我伤心，我失落。

正在我徘徊迷茫的时候，我的伯乐出现了，新的主人在万花丛中找到了我，让我从平凡中摆脱出来。

我的伯乐也就是那个叫方平的主人。他不仅给了我非同寻常的养分，还给了我最宽松的空间，让我独自拥有一个专门的阳台。

我对新主人是感恩的，这种知遇之恩，我怎么能忘怀，我决定要用毕生的精力来回报。如果不是后来出现了那个叫苔花的家伙的话。

苔花其实就是一块与红薯一样丑陋的家伙，据说是主人去游玩时，别人丢弃一边，被主人拾起装在口袋里，随手扔在我的地盘上。或许是天公作美吧，晚秋的暖暖阳光竟然让苔花长出了嫩芽！苔花用嫩芽向主人献媚。

主人像发现了至宝一般，也给了苔花一个家，并且还占用了我的空间。从此，我的天下就被一分为二了。

最可恼人的是，这苔花疯长，短短几天时间里，就长得要开出鲜花来一般。我分明感觉到主人眼光只在苔花的身上。

我上进的心严重受挫，浑身打不起精神来。我想出了让苔花败去的方法来。

那天，主人回家看到折断的苔花，我不露声色。主人不知道，是我把风引来，吹断了苔花稚嫩的腰身。主人只是叹气，是天气寒冷下来原因所致。

苔花终归沉寂下来。我原本以为主人会再度赋予我全部的爱。然而，我却和那枯萎的苔花一起，被主人遗忘。我受不了这般的冷落，放弃了生长，奄奄一息。

正当我快要行将就木时,新的阳光来把我唤醒。主人又重新给我生命之水,我缓缓睁开双眼,我才发现,我的生命力早已不再如从前。再看看,身边花盆里的那苔花,只剩下一个壳儿。

　　看着眼前的这一切,我很后悔,为什么会以为换个环境会更好?为什么要伤害无辜的苔花?

三

　　方平看着两盆花草,看来,这两盆花草,和自己过去种植的结局是一样的,都没有成功。

授权书

  我接到电话,放下手中的一切以最快的速度赶到了现场。

  我那崽子歪坐在一边,和另一个十三四岁的孩子吓得直哭。那辆自行车倒在路边。我心头一块石头落了地:幸好,孩子没有事!

  但孩子的一侧,情况不容乐观:一辆二轮摩托车摔倒在公路边的水沟里,支离破碎的零件散了一地。血!正在变得黑红的血,到处都是。

  是摩托车从对面过来,避让骑自行车的小孩子。原本就不宽的乡村公路上,又是只有十二岁的孩子骑着自行车,歪歪扭扭地晃荡在弯道上。摩托车主慌忙之中,强行刹车躲避,连人带车翻倒,又滚了几圈,当场就昏死过去。所幸周围有人及时报警,人已经被送到医院。

  从医院出来,我就重点着手跑一件事。

  我先来到公安局。公安局的工作人员热情地接待了我。他仔仔细细地看了我的材料,告诉我可以去找交通局。在我软磨硬泡下,我终于拿到了盖着公安局章的材料。

  接下来,我马不停蹄地赶到交通局。好说歹说,我的材料上如愿地落下了第二枚鲜红的章。

  我知道这样还没有完。我又找到纪委、安监局等只要是我认为相关的部门。不是我的路子广,是我的要求感动诸位领导。总之一句话,虽然我所去的各个局的人都以诧异的眼光看着我,但却又都郑重其事地盖上了章。

还差一个最重要的部门的印章了。对，是县教委的。

教委的工作人员对我的到来，可算是毕恭毕敬的，用如临大敌来形容也可以。

当我说明来意，把材料交给办公室时，教委各科室之间很快地对我的材料进行了传递。我就在走廊上等着，看他们研究了又研究，最终，他们把盖上了章的材料还给了我。

办完这些程序，我彻底地松了一口气。虽然天快落幕了，但我的心明亮起来。明天，我就可以把这个事情解决了。

当我把盖有整整十四个章的材料递给这个戴着厚厚眼镜的娇小的女人时，女人抬起头，满脸惊讶："您，您这是要干什么？"

我承认，之前我在这个女人面前，我是昂首挺胸的，最起码我是理直气壮的。

这个女人紧张地看着我说："我，我没有再打过您的小孩子，也再没敢责骂过，连责备的话都没有说过一句……"

看着她那涨红的脸上，那极不相称的大眼镜后慌乱的眼神，我急急地打断她的话："我不是来追究您的过错的，我是来请您帮忙的。"

她吃惊地望着我。

"您，这又是要唱哪出？"女人更慌乱。

"我保证，三年前类似的事情不会再发生！"说着，我差点给她跪下。是的，三年前，我那孩子因为听写没有对一个字，这个女人打了几下孩子的手心。那天晚上回家，我就看到孩子的手有些红肿，我立即找了这个女人所在的学校，接着，我又一直找到县教委。

结果是我们都名声赫赫，不过是我"红"了，这个女人"黑"了。据说，还因为我的事件，在不久就引起了全县的一场教学改革。

"老师，请您一定要接受我的这份材料，拜托您！"我边说边跪下去。

没料到这个平时看着一副弱不禁风的老师,一把拦住了我要跪下的身子。

"我是实在不知道怎么去管理这个兔崽子!完全不听话,根本不听我管教哇!"想着我那已经在读小学五年级的孩子,那个除了会惹祸,什么都不会的家伙,我就有些老泪纵横了。

我双手颤颤地把我精心准备的一张纸递给了她。

老师接过去,这张纸其实是我亲手写的授权书:

"兹授权老师可以对我的孩子王光光进行打骂教育,所有后果与老师无关。授权人:王七一,× 月 × 日"。

老师看着看着就哭了,哭得两个眼镜上全是白色的雾。

在静静的河边

柔柔的风，捧起阳光，不经意地散落，碎了一河。

碎在河里的，还有一抹阴影，弯弯曲曲的，像盘旋着的蛇，被折断后在挣扎。这片影团，来自河边一把蓝色太阳伞。伞下，坐着一个人，中年人。

在这个人沧桑的面容里，饱含着岁月的刀锋。此刻，他的眼睛瞪得圆圆的。显然，这缕风带给了他一丝困顿。望着河中央的眼睛，没有眨动着分毫，仿佛，一闭上眼睛的瞬间，就会错失几个亿。

风偷偷地消逝了。河面平静下来，中间，一个细小的东西浮现出来，如果不是它颜色分明，如果没有用心去寻找，这鱼标当真是不易识别的。

忽然，河中心的鱼标轻轻地抖动一下，然后，又是两下起伏，全部精力集中在这鱼标上的中年人，手上一动。原本伸得长长的鱼竿，就带着那刚才抖动后没入河水中的鱼标，露出水面。随着鱼标一同露出水面的，还有银光闪闪的亮点。

是一条小鱼，只有食指长的小鲫鱼。

被拉到这个人面前的小鱼，"咕咚"一声，就掉进河边的木桶里。

在这个人的一连串地穿饵、抛竿、坐下的动作中，新一轮的较量又开始了。

夕阳西沉时，中年人带着装有小鲫鱼的木桶收工。

小鲫鱼在木桶里，和它曾经的几个大大小小的伙伴又相聚在一起。

小鲫鱼与伙伴们没有成为人的腹中餐。

他们被放进了原本应该是插花的扁形花瓶里。

在扁形花瓶里，小鲫鱼的伙伴开始了挣扎，来回地游动，转身过程中身体与瓶壁的碰撞，让小鲫鱼的伙伴们更加恐慌。

恐慌的鱼儿不停地在花瓶里寻找出口。它们开始后悔当初在河里找食时，没有禁住诱惑。

只有小鲫鱼一动不动。它只是在静静地吸水，吐水，从水中，呼吸着并不丰富的氧气。

不知什么时候，小鲫鱼发现，最大的伙伴已经翻仰起身子。翻仰身子的鱼儿被捞出，进了地面上垃圾桶里。

一天的时间里，小鲫鱼的伙伴陆陆续续进了垃圾桶。

在失去了全部的伙伴时，小鲫鱼的不安也剔除了。

没有食物，也没有定时更换的水源，小鲫鱼安静地默默地承受着。

这天，中年人心血来潮似的看着花瓶，自言自语地说了一句：怎么两指宽的鲫鱼变成只有一指宽了？

也就在那天，花瓶里多了一块煮熟的红薯。小鲫鱼没有吃，当初贪吃的教训，在它的心中留下印痕。

沉睡的小鲫鱼被水晃醒时，它才发现，自己已经被抛在空中，与它一起抛在空中的，还有那一直陪伴它的水。

紧接着，小鲫鱼惊叫着坠落，在被震荡得有些迷糊时，它才觉察到，这是它最初生存的浩瀚无边的家乡——那条小河。

一头扎进河水中的小鲫鱼没有回头，它不想弄明白，是谁又给了它重生。

给小鲫鱼重生的，还是中年人。

中年人站在河边，本是平静得像面镜子的河面，被倒下去的水和一条小鲫鱼溅起层层涟漪。

149

中年人是走了十来分钟的路,带着这条小鲫鱼重回这河边的。

中年人就静静地望着,望着一去不复返的小鲫鱼,望着静静的河面,想起了被他束之高阁的鱼竿。

一缕风拂来,映在河面上的是西下的夕阳余晖,被揉成点点金光,洒落满满一河。

倒计时

不知是多少次了，耿林从屋里跨到阳台上，往楼下的大门口望去。耿林揉了揉眼睛，从四楼的顶楼看办公楼的进口，只能基本识别门口处站着的人的着装。

门口处四个穿着统一制服的门卫分别站在自动门的两侧，十几个人围在小门口，脸几乎都是朝着车驶来的方向。

耿林心里一凛，莫非来啦？

正在思忖时，门卫又聚回到那小门口处，听着其中一人在说着什么。

耿林悬着的心又稍稍放了下去，转身，踱向屋里。

"欢迎各位领导、专家到××检查工作，我是小耿，负责本功能室的管理工作。"耿林轻声地说着，向进房间的过道微微地鞠躬。过道处，空空荡荡的，没有一个人影。

弯腰时，耿林看见皮鞋上有了灰尘。黑得发亮的鞋子上，沾了丁点儿的灰尘，也显得格外地刺眼。

一天前，专门请了清洁工来做阳台的卫生，却还是沾染了灰尘。耿林急忙从口袋里找出一张纸巾，把鞋擦了擦。没有地方扔纸屑，耿林左右看了看，就放在手中掂着。

昨天以前，全单位的人是按天来计算着时间，从今天早上起，是按小时来算计着，午饭后，则就是按分分秒秒来倒计时了。

耿林拈着纸屑，向楼道口走去，三楼，有个专用的垃圾箱。

从三楼回来时，耿林踫见了卫进。

卫进跟着耿林就上了四楼。

站在楼顶，卫进也和耿林向楼下望。

"还没有来？"

"快了吧？"

"说是在县城里，吃了午饭就出来。"

"算车程，是快到了。"

"我们急，门口的领导们更着急。"

卫进偏了偏头，把手伸进口袋里，慢慢地摸索着。然后，烟就夹在手中，"啪"的一声，一缕蓝色的烟雾就在两人间缭绕。

耿林受不了烟味，转身进屋，仔细地看了看地面上，再次确认任何一个角落里都没有隐藏的垃圾。

耿林再走出屋子，大门口处人群还聚集着。

耿林看了一眼卫进站的地方，紧张起来。

三楼的另一个同事，也来到四楼，和卫进站在一起，手里都夹着烟。

卫进正在把手里的烟头，往阳台的墙上摁。灰色的烟灰，一团一团地躺在地上，像燃烧着的火，烙在耿林的心上。

"你们都把解说稿准备好了吧？"耿林问卫进和同事。

"差不多了，反正就是那么几句话。"

卫进应了一句，原准备把烟头扔在地上的动作，忽然就停止下来。耿林的视线没有离开在卫进的手。卫进转身，走到楼顶的另一面，把手一扬。耿林就看见看着那短短的黄色的一截坠了下去，心中想要呐喊，终没有能说出口。

耿林了眼光收回来，就看见同事脚边一米的地方，有团白色的泡沫状的垃圾。当然不是纸屑，这区域，从上午就已经极少人上来。这等重要的位置，耿林对垃圾可是"清剿"过无数次，不可能还有这样的赫然残余物!

耿林觉得自己的心开始滴血!

耿林慢慢走过去,看清楚,一团口痰!

有些不知所措,心里也升起一阵恶心。耿林没有听清同事和卫进的对话。

终于忍不住,耿林走过去,用脚去来回地蹭那个地方。

"可能快来了吧!"耿林声音里夹杂着沉重,这也是单位几天来,对同事憋在心里没有发泄出来的气。

同事和卫进看着耿林的动作,没有说话,只是又抽了一口烟,抖了抖烟蒂上的灰,慢慢地踱回三楼。

等他们离去,耿林看着地面上,长长的杂乱的湿痕,呼出一口气。再看看地面上,那些泛白的一团团的灰烬,很少忌恨人的耿林,开始在心中,恨那陌生的,即将到来的人。

耿林没有其他的办法,只得弯下腰去,撅起嘴,猛地吹向这些卷在一起的灰烬。

灰烬散开,但还是很明显。耿林抬起头,看到大门口处,原来聚集在一起的人,现在向着一个核心,正在给核心指引,前面,还有几个抱着,挂着,举着相机的人,在来回地走动着。

来不及了!

耿林用脚把那些灰末用力地踩了踩,又左右地踢了踢。痕迹基本消失了。

耿林轻轻地,飞快地跑到屋门口,拉了拉衣角,清了清嗓子。

"欢迎各位领导、专家到××检查工作,我是小耿,负责本功能室的管理工作。"

耿林向进屋的过道微微鞠躬。过道上,空荡荡的,没有一个人。

但耿林知道,来人正从底楼开始督导检查。

这项忙碌了近一个月的工作,现在进入了分分秒秒的倒计时。

真正的凶手

九月午后的阳光并不温柔，此刻正穿过绿油油的河水，无视河边丛簇鲜艳的花儿，直往前冲，仿佛只想把南菲森林公园的小树林烧干。

南菲森林公园，确实是个休养的好地方，单从不远处分布着零星的豪华小别墅就可以看出。而小树林里还有一辆小车，想必也是在城市生活的间隙来此享受难得的安宁。如果小树林也会说话，那么它肯定会抗议这辆车打破了纯净的空气。当然，小树林没有说话，所以，这辆车与它的主人也就能有富余的时间在此停留。

阳光滑落山头的时候，一个腆着肚子的中年人才急匆匆地向树林里走去，径直走向那辆小车。他一边走着，一边不停地拨打着电话，似乎双方发生了不愉快的事情，这个中年人脸上带着上司独有的不耐烦与生气。可以想象，接下来，让上司生气的家伙有罪受了。中年人快走到车的时候，就把手机恨恨地放进了袋子里。来到车边，他并没有用钥匙打开车门，而是对着车里的人大声叫了几下，可是里面的人偏着头睡得极香，完全没理外面的人。车外的人愈加恼怒，又拿出手机拨打，却只见里面那位上衣袋子里有手机来电的信号，可他就是不接。

中年人抬起腿向车踢去，却把自己的脚给弹得生疼。他再用力去摇晃车身，可是这辆车是铁定了心似的，一动不动。中年人放弃了叫醒里面的人，再次打了个电话，不久，又一辆车驶向林子，下来两个人。

"张总，怎么您一个人呢？小王干什么去啦？"其中一个很关切地问道。

被称为张总的人抬起铁青的一张脸说："正在里面睡大觉呢！你们把他叫醒！"说完，他便走向后来的小车。

正在张总坐上车要离去的时候，那两个人不禁大叫起来："张总！小王……小王……怕是出事啦……"

张总惊得一下子从车上跳了下来，两步跨到车前，仔细端详车里的司机，果然神情不对：原本低垂着头坐在位置上，因为被两人推动车身，身子已经倒向侧面，而头仍旧保持着最初的动作！

"张……张总，怎么办？"两人惊恐地望着张总。正在两人准备砸车时，张总却制止二人的行为。两人疑惑不解又惶恐万分，张总却镇定地拨打了110电话。两人回过神来，赶紧与张总做起现场的保护工作。

在接下来的日子里，张总作为司机之死的第一嫌疑人被提审。大家的也私下里纷纷推断起来：

"肯定是张总杀害了司机！知道太多了，怎能不被灭口？"

"司机是张总的侄儿，那么亲，应该不是张总吧？人真有这么狠毒？"

"听说司机想到分公司任职，会不会是张总不同意，而让司机招来杀身之祸？"

…………

就在众说纷纭时，结论也出来了：据张总举证，事发当时，张总不在场，不具备作案时间；而且，张总正准备把既是亲属又是贴心人的司机下派，张总没有杀人动机！

那司机之死是怎么回事呢？司机是无意中自杀身亡！这也是办案人员根据张总的笔录而得出。原来，张总为洗脱自己的罪名，说出当时他正在南菲公园附近的一幢宅子里休息，当时还有一名女子可以作证。办案人当即把那名女子请来对质，确实如张总所说。而那名女子的身份也因此浮出水面，她是张总包养的小情人！司机出事时，张总正在小情人家厮混！而司机把张总送到地点后，知趣地离开，就到林子里等候。因为无所事事，他便打起瞌睡来，只是当时天气较热，他又关好车窗，把冷气也打开了。岂料，司机在车里睡着了，因为缺乏空气，窒息而死。

　　司机之死，纯属意外，没有凶手。

　　对于司机，对于张总来说，怎能会没有凶手呢？

小校长

"大家先站好,看,前面的几位同学做得非常不错,那里有几位同学……"正是午饭时间,在去往食堂的并不宽敞的通道上,一个有些瘦弱的人,手中拿着扩音喇叭,从队伍的前端转向后面,又从后面转向前面,用利剑一般的目光,把陆续来就餐的散乱的队伍排成两列。原本喧哗嘈杂的声音,在他经过后,都似乎顿时被装进了话篓子,安静了下来。

这人,就是华龙中心学校老师们千呼万唤迎来的新一任校长,姓肖,名荣。

肖校长的前任牛校长升到镇里主管教育系统,牛校长年轻有为,大家预料应该连升三级,到县教育局当副局长的,不知缘何没有如愿。不过,大家都臆测,这只是一个"脚踏板"。

牛校长升职前,挑选新的接班人,就从全镇的中小学校长中,选拔出了肖荣。肖荣就这样满怀信心地走进了华龙中心学校。

同样的,华龙中心学校的老师们也在期待着新的领导的新举措。果然,肖校长也开始了"三把火"。第一把火,就是抓学生饮食。肖校长要求让学生饭菜由学生自主选择,但是肖校长到学校后发现,中午学校在校就餐的秩序与纪律太乱,又有安全隐患。于是,肖校长就每天中午亲自到学生食堂,给每个班就餐的学生进行餐前训话,并提出严格要求：静、序、齐。肖校长亲力亲为，一个班一个班地进行整顿。开学后的第三天，就出现了开头的一幕。

等到所有的学生都就餐后，肖校长才去食堂。在食堂里吃饭的肖校长见后勤主任也在，问道："学校有没有红漆或是黄色的漆？另外，帮我找一副石匠用的工具来吧。"

一头雾水的主任用最快的时间把肖校长需要的东西准备妥当。肖校长拿起漆，在进出的通道交会处用油漆画出"分界线"，像极了公路上的各行其道，不得越线。接着他又拿起工具在食堂的厅内地面上为学生的排队等候站位"打"出一条线来。

眼见着校长这么大的举措，老师们也都自动全程参与。可毕竟是小学生，改起来是有段时间的。于是，老师们每天中午必须亲自带领学生就餐后，再去就餐。

肖校长的第二把火，就是抓环境卫生。肖校长抓卫生是既对学生提要求，更对学生进行扫除指导。但凡是他见到学生打扫不规范，必定动手指导学生；如若发现有做得不够彻底的地方，他就亲身为之；当有班级未进行扫除时，他会到班上叫上几名学生，一同忙活起来。在冲洗厕所问题上，他硬是花了几天时间，与后勤的几位同志一起动手，安装上了半自动的冲水槽。

诸如此类的事情，肖校长不断地发现，及时地解决。甚至有时候，老师们会在学校的储物间里看到肖校长正在修理桌椅。反正想在校长办公室里找他是不容易的。更多的时候，他就在校园各处转悠。

由于肖校长抓"小"事，所以有的老师干脆私底下就叫他"小"校长。

当然，肖校长也不仅抓这些小事，他还主动为华龙中心学校承担了县教育部门组织的各种现场活动。用他的话说，学校做出那么多的成绩，就是要通过活动来请专家与同行们来交流，进行打造与外宣。当然这样一来，学校老师就必须在教学工作、学生管理和业务培训上要求更加精细化。

一时，怨声沸起，私底下议论纷纷："前任校长是猛抓硬件，多方渠道去与各级部门协调沟通，短短两年时间里，不仅把学校操场面积扩大数倍，而且建成了整个片区的首所有塑胶操场的农村小学，附近乡镇的老师们也都想调入这所学校。""这新任校长，却是只知道做些小事情来折腾学生与老师，整天不是游荡就是对外吹嘘。""老师本来工作就累，还要这样那样地忙碌，还要加班赶材料。""真想到其他学校去，这样太累啦！"

没有等到学年结束，肖校长与另一所乡中心小学书记互换。老师们心中舒了一口气："小校长终于走啦！"

肖校长其实不小，刚满四十岁，但他的"小"，会被人们慢慢想起。

天下无嫡

方平把自己书写的字抻平,然后认真地贴在家中客厅的空墙上。字虽没有书法家的风范,但显得苍劲有力,四个大字:天下无嫡。没错,就是天下无嫡。

该是在食堂吃晚饭时的事。

小唐用勺子拨拉了一下碗里的菜,似漫不经心地问:"小方,你怎么没有去白沙呢?"

正舀了一口汤送进嘴里的方平,刚要张开嘴,又立即用左手捂住嘴,转过身去,发出几声闷呛声,狠狠地把嘴里的汤全咽了下去,又紧闭着咳嗽了几声,拍着胸口,又间歇地呛了几声,脸涨得通红,眼泪也差点儿呛了出来。

重重地瞪了小唐几眼,方平扭头转向食堂外面。透过窗口,青青的草已经加入墨汁色,一种是夏也是夜的气息隐约可闻。

"听说是去了近一半的人呢。"小唐对方平的不良反应并未放在心上。

"你不是也没有去吗?"方平脸上泛起不悦。

小唐有些恼怒地扔下筷子,说:"我才不会去呢!你是应该去的啊。"

"去的可都是刘主任的嫡系。"方平冲口而出,对于小唐的不知趣,方平和同事都已经习以为常。

"可是古月也没有去？"小唐反应似乎挺快的，当即就反驳方平的意见。

"还有一些嫡系没有去！"想着古月的那种见谁刺谁的自以为是，方平为自己留了个圆场。

"怎么样？失宠的滋味？"小唐琢磨着要有打破砂锅问到底的劲头。

方平三下五除二地赶紧把饭菜倒进自己胃里，撂下一句："你那唐主任调走后，你不也一样的不是嫡系么？"

小唐呆坐在位置上一会儿，闷声说："你这嫡系倒是形容得很恰当！"

方平心里憋屈得慌，逃出了单位的食堂，到操场上懒散地遛了起来。原本是柔软、安静而浩远的天空，转瞬间落入的夜的混沌困惑之中。

前任领导是务实型的唐主任，在方平眼中，自己可算得上是唐主任的嫡系。

可唐主任因为种种原因，两年不到，也就被现任领导刘主任替换。方平与新任领导刘主任，倒是各行其是，基本没有发生过交会。方平觉着，与新领导的关系，嫡系根本谈不上，器重也不可能，连信任都未必沾上边。

唐主任被置换的种种原因，是什么呢？方平陷入沉思。嫡系！这个词语挺恰当！就因为唐主任不是上级领导江局长的嫡系！唐主任是在江局长升职后，顶了江局长的位置，但唐主任却在工作中做出了些与江局长在单位时不一样的成绩，同时在为单位员工牟取效益上，有挖江局长墙角的嫌疑。

据传闻，唐局长原本应该再升级，当副县长的，却不知何故，另一个局长顶了空，而江局长还得再等。方平拍了一下脑袋：这不，这不也是说明了一个词语，肯定唐局长不是嫡系，算是半嫡系，或是旁系？

夜在不知不觉中来到，没有事先与夜预约，远山淡了，湖水静了，而月亮还迟迟不愿现身，见不着半点痕迹。上半夜观下弦月，月亮不见，倒是萤火虫亮了，灯火明了，人们憩息在夜的宁静之中。

恍惚之中，置身于太阳系里。浩渺的苍穹中，置身在巨大的漩涡之中，都在围着太阳这个恒星转动着。一会儿是水星，貌似太阳的嫡系，一会儿是地球，半嫡系，一会儿是旁系着的矮行星，再一会儿是月球。曾经羡慕着水星，鄙视着矮行星，其实自己最清楚，都终归是在自转，最简单的说法，各为其主罢了。

浮想联翩的方平慢慢回过神来，一个词语就从脑海中蹦了出来：天下为公。既然都天下为公，那又何来嫡系与否？权力终会被回收的，没有永远，没有至上。

方平最终没有在宣纸上写下"天下为公"，他觉得"天下无嫡"更有意义。

一抹曙光，从方平的心中升起。

天边很快会被点亮。

请别造谣

正午时刻,九月的阳光明晃晃的,我忙碌地穿行其间,影子也缩小成一团,屈居在身体之下。

电话这时就响起。

"老师,您班上出了点事故吧?"是家长打来的电话。

"没有啊?什么事?"我听得一头雾水。

"我都听说了,我们班上有个学生跳楼摔死了。我只是想关心一下事态,您处理好啦?"家长继续追问。

这位家长年轻,有文化,是我选出的家长委员会成员。但这时我对他很生气:"真没有!"

"现在整个街上都在疯传呢,为什么要封锁消息呢?"家长也挺较真的。

我无语,挂了电话。

我忽然之间恍惚,难道是我真的隐瞒了什么,我开始回忆。

六十五个孩子,都还活蹦乱跳地在班上折腾着呢。

对啦!上周,上周我班真的出了事情。

上周一中午,我从学校出来往街上走,准备去为班级文化布置购买点材料,出校门不到五分钟,电话就响起:"方老师,你班学生在操场上摔倒了,好像有点严重!"

等我赶到学校，操场上已经围了密密的大圈，里三层，外三层，值周老师正在现场。

我三步并两步地奔过去。中间坐着一个胖胖的男生，双手捧着左腿，全身不停地发抖，用呼天抢地来形容他的哭态，也不过分。

我心一下子就堵在嗓子眼上。我立马打电话给急救中心，被告知救护车已经出勤了，现在赶不过来。幸好，校外多的是三轮车，我吩咐人去叫车，顺便询问事情的缘由来。

事情是却是一件小事引起。胖男生向同班的男生要东西吃，小男生不愿意，胖男生强抢时，被小男生拉倒在地上，胖男生的膝盖着地引发这场事故。

看胖男生情景，我心惊胆战：骨折了？！

来不及多想，人力三轮车已经到了，我请孔武有力的车夫帮我把胖男生抱上了三轮车，跟他们一起赶到镇上的医院。

在医院里，等我忙上忙下，终于把片子拿到手，医生反反复复地仔细观察对比，蹦了一句："膝盖骨折。"

骨折，我心里一凉，这可是件大事。"需要住院不？"我问医生。

医生笑了，说："这只是轻微的骨折，其实就是稍微破了点丝，休息几天就好啦！"

"可……"我一下子又蒙了，"给他开点药吧？恢复快些。"

"没必要。这是常见的。只要休息几天，自然就愈合了。"医生拍拍胖男生的肩头，"不痛了噻？"

胖男生擦擦了还挂在眼角的泪水，点了点头，没有作声。

胖男生的父亲直到医院时，医生已经为孩子擦了药。

家长听了医生的诊断后，我建议孩子请三天的假，让他在家休养。

三天后，胖男生已经正常回校读书，与常人无异，我就把这事给忘了。

今天这位家长初衷是好意，也是一种关心。只是，我一直不知道，关于我校有孩子跳楼摔死，还是我班孩子的谣言从何而来？重重的阴影压在我的心上，喘不过气来。

我想，我得立即召开家长会，主题就是一句话：请别造谣。

归去来

我拖着沉重的步伐，驻足观察，然后拍了拍被划烂的衣服，随意找了一个地方，坐下来，长长地松了一口气。

这个地方不仅宽敞，还平坦，四周有树木，都比较高直。阳光从树叶间稀疏地映照下来，不失温暖，却又增添了一份温馨，雨露可以千转百回地滋润，而又不会倾盆般落下。

"啊？老京，你在这儿呢？"我的身后传来一个熟悉的声音。我转过头，是吴过，外号当当，我的童年玩伴。

"当当，累了没有？过来歇歇。"我掸了掸我坐的石块上的灰尘。

当当来到我的面前，我才看清了他此际的尊容：蓬乱的头发，黑白各占一半；满脸的污垢，是写不尽的沧桑；深陷的眼窝中，两眼无神而苍凉；全身的衣着比我还惨，身无完缕，裸露的肌肤上，还有斑斑血迹。

当当一下子瘫坐在我的身边，满眼里还有恐惧。

"前面的路仍是这样的吗？"当当无力地望着天空，又好似不是对我问话。

我有些感慨地说："这一路走来，路崎岖不平，还有杂草丛生，遍布荆棘，所有的路，虽然可以借鉴前人走过的路，但总体来说都是靠我们自己开辟出来的。"

当当一下子仿佛有了精神，坐正了身子，大声地说道："可不是吗？风吹日晒雨淋，备受煎熬，确实摧残着前进的心灵。"

"你沿途可遇到过些什么？"我打断当当的诉苦，我怕他一说下去愈发不可收拾。

当当的脸上露出气愤的表情："唉，遇到许多一同方向前行的人，可是他们却对我嗤之以鼻，不屑一顾。看着他们前进中趾高气扬的样子，我真是后悔自己没有好的出身，没有优越的条件。"

当当说着又站了起来，揪着头发说："还有可恼的是，前途中随时都有可能出现的危机：潜伏的毒虫、凶恶的虎狼，还有悬崖、沼泽等各种天堑，无不在阻碍着我前进的步伐啊！唉……"

当当转身往来时的路，迈开了步子。他自言自语地说："其实哪里都是一样的，我为什么非要走到这里来，又为什么还要往前走呢？我还是从哪里来，回哪里去吧！"不等我做出反应，他已经消失在来时的路上了。

我摇摇头，开始就近找可利用的物品来。

我的肩头被人拍了一下。"哈！小京，你怎么在这儿就停下啦！"不用转头，我就听出了拍我肩的是阿来，真名叫牛未。牛未、我、吴过我们仨是从小到大的玩伴。只是后来由于生活所迫，才不得不各奔东西。

阿来也是一副狼狈样，显然，这一路走来，他也并不轻松，不比我和吴过受的挫少。唯有那双闪闪发光的眼睛，表明着决不放弃的信心。

阿来的倦意被笑容荡漾开去。

我欢欣地停下手中的活计，招呼牛未坐下休息。

阿来点点头，又摇摇头，问："你这是？"

"你看这里如何？"我没有直接回答，而是略有些得意地问牛未。

阿来没有放下手中的行李，飞快地浏览下周围的环境，说："还不错。"

"大树为我遮风挡雨，又可静享阳光雨露。也不再遭受各种烦扰……"我正说得起劲，阿来打断了我的话："你是准备不再前行啦？"

我有些泄气地说："可……可是，前方是什么？前方又会遇到什么？即使到了前方，不过也是阳光，也是山水而已……"

"那你可曾看到你身边的人前进的步伐？"阿来质问着我。

我叹了口气，心中更是提不起一缕希望来："有啊，看着他们的光鲜，我每每以舔自己的伤口来抚慰，痛感结果愈加深入骨髓。于是，很多时候，我宁愿闭着眼睛，任脚步机械地迈进。"

"我明白你的意思了。过去的经历让你厌倦，所以你满足于现状。"阿来看了看我，又若有所思地说，"或许，前途会更坎坷，但我坚信，未来会更美好。因为我把过去的每一次困难克服当作挑战，作为应对将来的经验。"

阿来把行李扛在肩上，对我挥挥手："既然这样，我便继续行走，希望有一天，未来的路上，奋勇前进者之中，能看见你的身影。我在前方等着你！"

那一刻，从树叶间隙穿下的阳光笼罩在阿来的身上，万千光环紧紧围绕着他。

看着阿来的身影渐渐隐入在前进的队伍中，我心中起伏万千：过去当归，未来在呼唤，当今的我，当归？当去？当来！

特别的门道

从江娃家回来，榴子一脸喜气。

榴子一把抱起老婆，兴奋地说："我找到致富的门道啦！"老婆掰开榴子的手，对他嗤之以鼻。

榴子对住在一起的老父老母说："我从江娃那里取到致富经了，真的。"老父老母叹了一口气，转身不理会榴子，忙自己的事情。

榴子在家排行老二，一直和父母居住。若不是父母打理这个家，整天游手好闲的榴子，讨媳妇都遥遥无期。当了丈夫，成了父亲的榴子还是成天东游西逛。当然，榴子也"投机倒把"成功过几次，帮杀猪匠介绍有肥猪的人家，低价收购孩子们抓的泥鳅黄鳝，再转手卖给贩子等。

每每被父母逼迫着下地干活，榴子就唉声叹气地说："这劳力成本与收入相差太大，不如我用这点劳力时间，去换取更多的收入。"

急切地想要发家致富的榴子，自称四处学习经验，然后回家就试验。所以，榴子也养过竹鼠，喂过山鸡，但都不到半年，因缺乏精细化管理而失败。用榴子的话来说，这些投入与效益不成比例，失败也就算了吧。

眼看着全家人对自己的这次致富经不感兴趣，榴子就着了急。他在晚上吃饭时，就召开了动员会。

榴子说:"我这个项目可是有天时、地利、人和的。"

"天时是什么?"老父问。

"看,现在城里的人不是爱往农村跑吗?在农家乐里钓钓鱼,打打牌什么的,现在很流行的。"

老母问:"什么又是地利呢?"

"这,我们家不是在公路边吗,这可是得天独厚的好条件啊。"

"人和呢?"老婆放下手中的碗筷,看着榴子。

"只要大家支持我,我相信这次一定能成功,你们的信任,就是绝对的人和!"

榴子的话让大家都没了言语。榴子得意地说:"大家都不表态,就当是默认支持了哈。"

接下来的几天,榴子就开工了。

首先他用自家的一块近一亩的水田置换了邻居的半亩旱田。旱田位置在榴子家后面,紧邻着公路。两边的车辆经过这里,都得转个大弯,还都得缓缓上坡。

邻居对榴子的置换虽然百般不理解,也乐呵呵地同意了。

榴子换到旱田后,就废寝忘食地忙碌起来。

白天,榴子就请人来把田堤给垒起来,又租借来抽水机,从下面的河沟里抽水把田给灌满。因为是旱田,所以有些漏水,一天过后又得重新补坎,再抽水,反复地几次,田里的水总算是蓄起来了。

夜晚的时候,榴子也没有休息。他自己找来工具,把田边公路一端的保护栏给取了一段,让水田边的公路可以直通水田,没有了障碍。

白天夜晚,忙碌的榴子也抽空背着电瓶,到沟渠里电鱼,直往他置换来的田里倒。

很快,一口鱼塘就这样建起来了。说是鱼塘,是因为榴子专门做了块木牌子,写着"欢迎垂钓,正宗土鱼"字样。

有了鱼塘,榴子很少出去闲逛了。车来车往,人来人去,没有人来光临。但鱼塘边垂钓的总有一个人，那就是榴子。榴子并不着急。

这天中午，榴子正在家中吃饭，就听到"嗵"的一声从鱼塘传来。榴子撂下碗筷就飞奔过去。

一辆摩托车冲进了鱼塘。驾驶员可能因为路不熟悉，加上转弯时太快才出的事。所幸水不深，没有出什么事故。但摩托车一箱油全都倒进了鱼塘里。水面上漂起了黑乎乎的一层油花。

没等榴子开口，驾驶员就摸出一千元，作为对鱼塘污染的赔偿。

驾驶员离去时，奇怪地说："这里怎么没有防护栏？"

后来又出事了。一辆外地的小轿车一头栽进了榴子的鱼塘里。虽然轿车上的人没有受伤，但司机立即就报了警。

正偷笑着的榴子，被传唤去了警大队。榴子没有等到赔偿，换来的是十五天的拘留，罪名是故意破坏公共设施。

原来，榴子从江娃处得到的致富经就是挖口鱼塘赚赔偿。

"这是什么门道？"村民们听说了榴子的经历后，都笑着说。

这个二榴子！

断了丝的灯泡

人如果有了心事，总喜欢找点物品来寄托。

门开了，他拉着行李箱进来，尽管是白天，他还是习惯性地摁下开关，灯没亮。再一看，是灯泡没了。他还记得那天晚上，他和她站在房间里仅有的一把能站人的椅子上，她举着手机，靠着手机屏幕的那点亮光，让他装好了灯泡。

书架上的书已经被取走，显然他走后她就选择了离开。他有些不甘心，返回她的房间，沿着床，沿着墙，顺着书架，仔仔细细地寻找着。他希望能发现一张纸条，一幅画，或者是某个她心爱的却忘记带走的物品。最后，他在床底下，发现了那只他亲手装上的灯泡，灯丝已经断了。

灯泡在他手中把弄着，没有来得及深入思考的他，被一阵急促的电话铃声唤走，灯泡暂时就驻留在桌上了。走得匆忙的他，如果回头看一眼，就会发现灯泡发着清幽的光。它见证着曾经发生的一切。

一天前。

不知从哪儿来的风，灯泡从椅子上跳了下来，不错，是跳，灯泡居然没有摔坏，转了一个圈，羞涩地躺进了床底下。

四天前。

一脸清冷的她走进屋，快速地扫了眼房间，意料之中。扔下手中的包,她就直接与唯一的依靠——床,亲密结合在一起,缓缓入梦去。待醒来时,天已昏黄,她去拍打开关,只听见声音,却未见屋明。她银牙一咬,愤然起身,站在椅子上取下灯泡,不甘心地摇了摇,再仔细用心地看了看。断了?真断了!瞬间,恨意涌上心头。她自言自语道,这就是天意罢。

提起早已整理好的东西,她以最快的速度离去,关上门的时候,椅子上的灯泡还在打着转儿。

五天前。

早上八点钟,她准时起床了,看来没有他的日子也不是那么难以习惯。他已经走了三天了,不,确切地说,这是第三天。她今天有重要的事情要做,向那令人恶心的上司递上早已写好的辞呈。看着上司惊诧的眼神,她心中升起快意,转身出门去。在行色匆匆的人群中游荡。但并不是每个阳光照耀下的日子都是惬意的,看着熟悉无比的咖啡厅,陌生感忽起。怎么这样了?她心中一阵恐慌。赶回家中,摁了几次开关,闪烁着的灯光终于稳定下来。闪吧,闪吧,就如你那主子一般,忽闪忽闪!不如我闪!她心中极为悲愤!来到客厅,忽地看见墙上的照片,那是自己的,一股脑儿,没来由地全给收了进去。环视四周,如若真的离开,该是没有其他物品了罢!

六天前。

一觉醒来,如昨日一般,早就超过了上班的时间。没有了他这"活闹钟"还真不行!她有些失笑。今天怎么都得去公司了。一阵整理,阳光青春、活力四射的她把自己送进了公司。公司走廊上没有一个人影儿,在物欲横流的时代,在时代经济膨胀的今天,速度、时间就是金钱,而时机才是命运。自己呢?等了多久,才有今天的时机。这样想着,原来有些轻快的脚步就慢了些下来。这时,已经快到办公室门口,却在不经意间,听到了争吵声,从屋里传出。怎么话里却有自己的名字?她不禁驻足侧耳。三句话中,她找到了中心句:她,是他寄放在公司的花瓶！而这家公司的经理，是他的朋友。来不及细想，她转身冲回她与他的蜗居。是自己该做点什么的时候了。打理好一切，她倒头就睡，竟然睡得很踏实！

七天前。

真是一日如隔三秋。这句话没有夸张！他的离开，仅仅一天，让她沉浸在梦中。她起身时，天已暮黑。找了个理由给经理打电话请假，经理很爽快地答应了。走进咖啡厅，独饮。今天白天应该是阳光明媚的吧？其实，没有阳光，也罢，自己就是自己的阳光，只要自己愿意！而她，历经了长久的"北漂"，终于活在阳光中，也就是他的阳光之中，这可是他的原话。他是她的传奇，她也该是他的传奇。她暗笑，发自内心的。

一个月之前。

他在T台上选中了当临时工的她。他似乎对她没有任何企图。处于困境、无依无靠的她，对他万分感激。接下来，一切都顺其自然。她依恋他，他呵护着她……

灯泡不能告诉他一切。如果灯泡可以说话，它也许会。如果时光可以倒流，他和她知道结果，他不会离开，她不会留下。如果有如果的话，有如果吗？没有。这是事实。不，是现实。就像阳光每天都在，却不一定从心里感受到；就像一直受着尘埃之苦，却浑然不觉。

断 足

"三儿,到滨州食府来接我。"

三儿是耿民的昵称,只有与耿民最亲近的人才叫的小名儿。正在俱乐部打羽毛球的耿民接到电话,就立即驱车赶了过去。

给耿民打电话的徐林,是耿民的同学、死党、兄弟伙。

耿民只知道滨州食府的大概位置,车在附近徘徊了几圈后,耿民终于接到了徐林,还有徐林的另一个同伴。

一坐上车,徐林就说:"走,吃夜宵去,刚才的同学聚会没喝痛快。"徐林的同伴随声附和。

"三儿,给传打电话,让他出来一起坐一坐。"徐林安排耿民,然后又转过头,对同伴说:"你给小伟打电话,让他立即过来,我都回来了,他能不来吗?"

一只手开着车的耿民,一只手从包里掏手机,车速慢了下来。

"你们三个今晚上没有喝酒吧?特别是传,肯定没喝。"徐林说,"本来我今晚是准备我们四兄弟聚的,结果这些初中同学听说我回来了,非要聚一下,结果也没有什么意思。"

耿民不知道徐林和他的同伴喝了多少酒,但车里充满了经过胃搅动后冲出来的那股酒臭。耿民按下车窗,车外的寒气与冷冷的灯光一并钻了进来。此时,冷,比臭要好。耿民是这样认为的。

半小时后，在距传的家不远的一家烧烤店里，五个人坐在桌边。桌面上有三个小菜，四个酒杯，地面上摆放着两箱啤酒。

"我和三儿吃完饭，打了一会儿球，刚刚到家，你就打电话来了。"传坐下来对徐林说。

"好兄弟，就要一起来坐坐，才叫兄弟！来，来，你们都是我的兄弟伙，这是我初中时的同学。"徐林指着两人对传和耿民介绍。"他们是我大学时的同学。"徐林又把传和耿民介绍给那两个同伴。

"你们都是我在家乡最要好的哥们，兄弟就如同手足。所以今天我把大家邀来聚一聚，喝点小酒。三儿不喝酒，要开车，就委屈你了。"徐林一边说，一边给四个人的酒杯倒满啤酒。

"没事，我就喝点茶，吃点菜，我们一起坐坐，也挺开心的。"耿民端起茶杯，看着杯里翻卷着的茶叶，犹豫了一下，送到嘴边，抿了一口。

耿民不喝酒，就看他们喝，听他们侃，偶尔，就抬眼看摆在店铺一角的电视。

一阵寒暄，几番敬让，一箱啤酒就空了瓶。酒下了肚，话就多了起来。

"我们都两年没有见到徐林了。你在外面生意是越做越大，人也越来越忙了。"徐林的初中同学小伟说。

"唉，确实外面辛苦，我也想回来，但是我回来一穷二白的，能做什么呢？坐吃山空那可不行。"徐林端起酒杯，叹了一口气。

"在广州城区两套住房，东莞一套，还在投资建宾馆，已经这份成就了，你都一穷二白，你让我们这些还在老家做点零工的怎么活？"传顶了徐林一句。

"唉，辛苦辛苦。"徐林端起酒杯，又敬了大家一杯，一饮而尽。

"徐林，这房子都买到广东去了，你是要到那边去安家了吧？"

"也是，你媳妇是广东人，两个孩子也都在广州上学。你可是举家迁到外省去了。"

"要不是我父亲还坚持留在老家,我可能今年都回不来。"徐林说着,眼眶里有晶莹的东西在发光。徐林又给大家面前的杯子倒满酒,接着说:"不知怎么的,我越来越感觉,家乡的味道变淡了。"

"你父亲今年应该满八十了吧?耿民忽然想起,大约是十年前,参加过徐林父亲的七十寿宴,才冒出一句。

"是的,所以我今天在这里邀请大家,明天都要到我家里来做客。我们又一起喝他个不醉不归!"徐林又举起杯,向大家敬酒。

没有喝酒的耿民,也同站起来,端起茶杯,与大家碰了一下,说:"老人家八十大寿,是大事!明天一定到,这是必须的!"

接下来的话题,就有了转向,原来,大家在几年前就一起吃过饭,只是当时互相没有交集而已。

"缘分啊,缘分啊!"

说着缘分,又是一阵碰杯,一箱啤酒,又见了底。

眼见着大家都有了醉意,耿民提议说:"这样,今天就差不多了,明天大家再大战一场,行不?"

好说歹说,总算是把宵夜结束了。

耿民把几人分别送回家,再从县城回到小镇上,其时已经是第二天了。

躺在床上,平素极少喝茶,特别是晚上从未喝过茶的耿民,却怎么也睡不着。迷糊中,当耿民猛地一下坐起时,他擦了一把头上的汗水。梦中,他亲眼目睹了自己用锯子,把自己的腿给生生地锯了下来,只是因为战争受了伤。但是哪里来的战争?仔细回忆,原来是几个小时前,在烧烤店喝茶时,电视里的一个桥段。

耿民想要从床上站起来,他发现,一条腿,真的没有知觉,如断了一般。

亮色

启民从纠结中醒来,窗外,是一片漆黑,没有一丝亮色。

叫醒启民的,是楼下过往的车辆声音。

揉了揉太阳穴,启民躺在床上,把梦中的事情进行整理,其实,都不是梦,而是昨天的事情的延伸。

昨天下午,启民找到袁军,希望得到赛前指导。袁军也是河边野钓爱好者,是启民的钓友。之前,启民告知袁军,自己要参加区组织的钓鱼比赛,是朋友邀请参加的。启民让袁军去参赛,袁军却说自己有点忙,让启民先去打探一下情况再说。

昨天晚上,启民从别人口中,得到袁军的话,说启民的钓鱼技术,去参赛,有点够呛。

这其实也是启民最担心的。

套钩,不会;调漂,不懂;和饵料,不熟悉。启民其实也学习过,朋友手把手地教,启民一次又一次地尝试,可他套的钩,总是会卷曲;调漂中的什么调三钓三,调四钓二,他总是不明白其中原因;至于和料,什么季节,什么地点,什么样的鱼情,比例搭配,他总是混淆不清。虽说野钓也有了近一年的时间,可启民真正自己一个人野钓的时候还是很少的。与朋友一起外出钓鱼时,启民几乎只带一支竿去,缺少什么,就向朋友讨要去。若是参加比赛,这些将要怎么办?

所以，原本就担忧，再加上袁军的话语，启民整晚都睡不着。

比赛场地是在一个观光公园，抽签选位置后，朋友对启民说："今天，就得靠你自己了。"

上午八点二十分，比赛拉开序幕。

漂是之前就调好的，虽然水质可能不一样，但启民还是很快就完成。然后就是和饵料。启民从事先朋友准备好的几包鱼饵中，按朋友说的，取了两包，各倒一些在小盆里，再加上一些拉丝粉，加了三次水。启民觉着与平时朋友调制的差不多，长长地松了一口气。

一切准备就绪，启民的鱼竿下水了。

等鱼竿下水，启民一抬头，就看见不远处的一位参赛选手正在提竿，水中，还有闪着白光的亮点，正在水面挣扎着，被拖向岸边！

收回目光，启民提竿，钩上已经是空的。朋友说要先打窝。启民接连抛了十余次竿，虽然定位有些偏离，启民还是感到高兴，打窝的点，直径应该没有超过一米。

在启民做这些的时候，他用余光看到，四周的参赛选手们陆陆续续地上鱼了。

启民睁圆了眼睛，盯着浮漂露出水面的四目半，他知道，鱼的顿口会很快的，只那么转眼之间，鱼钩上的饵就可能没有了。

启民揉了揉有些发疼的眼睛，再把目光望向远方，想要放松一下，可就这么一眼，他看见，左侧的一位选手，似乎中了一尾大鱼！启民回望了一眼自己的鱼漂，还是那么坚定地一动不动。他又望了一眼那位选手，鱼已经上岸了，果然是一尾大鱼。该有三斤多吧？启民旁边的一位选手在说话，像是对启民说，也像是对他自己说。

启民吐了一口气，又将鱼竿提上来，只有钩尖上饵料的残渣，肉眼刚好能看到的微小颗粒。

继续上饵，抛竿。

继续等候。

然后重复。

时间就剩下二十分钟了。

启民想到一个词语——"空军"。"看来,今天,空军非我莫属了。"启民向左右望了望,自嘲地说了一句。

"没事,空军的队伍里,还有我的陪伴。"与启民隔着一个编号的选手对启民说。

"唉!"启民长叹一口气,把竿抛入水中后,又左右张望。

这时,他发现一个熟悉的身影,那身影穿着的银白色的服装,在阳光照耀下,格外明亮。是袁军!启民看见,袁军正向自己走来。

快走启民身边时,袁军把手里一团鲜红的东西,扔向启民。鲜红的带着香味的柔软的东西在空中,划出一道漂亮的弧线,最后,这份在阳光下闪着光的钓饵,稳稳地落在启民的手中。

启民眼里发光,看着眼前的一片亮色,当然,最亮的,是来自他的身后。

袁军,这个一直说忙碌的家伙,昨天还在背后说过坏话的家伙,今天驱车一个多小时,专程送来钓饵,这才是光亮的发源地。

二十分钟,一切皆有可能。

山路十八弯

突兀的石崖,利剑一般刺在公路的前方。司机启民心在战栗。启民不得不放慢车速,走近了,才理解峰回路转的含义。左面,是峭壁。远处,峰连着峰。峰群是绿色的绵延。峰间,没有散尽一层一层的薄雾,随意地晃悠着。只有前方的路,还是寂寞着。

启民转过头,瞟了副驾驶座上的人一眼,又迅速地转向前方。启民嘴巴张了张,没有发出声音来。

"确实有点儿偏远。"声音是车内后排的人发出的。启民听出,说话的是自己媳妇。

媳妇是这次行动的提议者,而副驾驶上的是启民的同学——钟平,这次行动的引路人。

从县城出发,到进山公路,接近两个小时。而盘山公路,启民预计了一下,也花了四十分钟。

"确实有点偏远,我也没有来过,只听同事说过的。"这次说话是钟平。

启民刚想发问,媳妇却抢了先,说:"这才是真正的土山羊啊,说明我们就来对了"。

钟平一下来了精神似的,坐正了身子,接了一句:"真是土山羊。前几次我们单位都是在这家买的,我们单位里的同事,吃了都说这山羊肉味道正宗。"

启民哼了声，没有说话。

"土山羊的肉，口感确实舒服。"钟平悠悠地说。

"你亲自来过吗？"启民偏头看了钟平一眼。

钟平拿出手机，说："没有。我向上次来买羊的同事要了电话后，给主人打过电话，约定今天来的。"

车里静了几秒。

"什么时候打的电话？"启民猛地发问，目标没有明确，但对象却是确定的。

"昨天就打电话，对他说定，今天我们要去。"

"那他会不会提前宰好了等我们？"

钟平马上接口说："不会，不会。他说了关在圈里，等我们到后自己挑选。"

启民皱了皱眉头，清了清嗓子，顿了一下，把欲转向右侧的头，扭了回来，眼睛专注到路的前方。前面，山路曲折起伏，蜿蜒在山间林中，依然在峰回路转。

几弯几绕，总算是转到乡集居点。这里是原来的乡，现在撤并为村居点。只有房屋聚集，却少了人来人往。

前方又是三岔口，一条伸向山间，另一条也伸向山间。

启民把车停了下来，望着钟平。

"应该不远了吧？"

"不远，说是出了集口，向前走，到三岔口，还有几分钟的车程，他就来接我们。"钟平说完，掏出电话。

启民向前看，又向右看。钟平说："向前开。"

下一个路口，启民停下车，找到一个位置，下了车，四下张望。

前方有三条支路，各自隐于山林间。

十分钟过去了，又十分钟过去了。

启民转了一圈，钻进车里，拾掇起一样纸片什么的，重重地扔出车外。

车后座没有声响。

钟平又拿起电话。一会儿，一脸茫然地说："主人说他在岔路口，没有见着我们的车，又倒回去了。可我们一直在这里的啊？"

启民并未多说，只是快速地启动车，往前岔路口处，前进，倒退，前进，倒退。反复数次，终于调头，启民将车开回乡集上。

启民将车停在第一次停车的岔路口，看着那条小公路在林间隐没。

最远处，没有人。

再远处，是小山。小山后面是什么呢？

启民眼前浮现一个场景：山后是连绵起伏的小山，山上一群山羊欢愉地吃着草，还有晒得黑亮的牧羊人。

启民的脸上露出微笑。

微笑没有保持多久。

因为小公路的前方还是没有人。

"来了，来了！"钟平激动地说这话时，已经是半个小时有余了。主人是一个精明的中年人，掏烟，点火，客套话不停。启民心里笑了一下，与想象的不一样呢。

在主人的带领下，车沿着小公路只行了十分钟不到，就到了主人的家。

院子里搭建的羊圈里，关着一群山羊。见到启民一行来，明显有了些慌乱。

启民站在羊圈外，没有一丝臭味，羊圈收拾得干干净净，没有一丝粪便，也没有其他吃剩的食物。地面湿漉漉的，被水冲洗的水迹，还可以映出影子。

每只羊都很肥，显示出羊肥的，是羊的肚子。

"逮哪只？"主人问。

启民想了想，说："逮最大的那只吧？"启民的媳妇不解地望着启民。之前，启民可说的是一只小的就可以了。

"算价是称活的。"杀死分解后，启民又称了一下。这只羊的羊肉只有四成不到。启民看了媳妇一眼。

回去的路上，启民闷着头开车，车速比来时要快得多。

媳妇在后面提醒一句，"慢点，山路多，危险。"

"我知道，山路十八弯。"启民扔了一句出来。

"你找得到路？"钟平问。

"我想，我找不到，也不需要找到。"说完这句话，启民紧闭的嘴就像挂了一把钥匙弄丢了的陈旧的锁。

危机

你站在我面前的时候,我感觉出不一样的气味。至少,和半小时以前是不一样的。是什么样的不同?我耸了耸鼻子,那股味,就直冲肺腑而去。

我嗅到了危机。

先说一说半小时前的事吧。

半小时前,你出现在我们面前。我们欢呼雀跃。那时,你的出现,就是我们的一切。我们从你的身影里,仿佛就看到了阳光滋润土地、抚慰青草的温柔。我们的心开始徜徉在青山绿水间。

然而,你却又让我们失望了。这是你第几次让我们失望?我们也记不清了。

你没有带领我们进入我们的惯常的领地,你给我们的,只是丰盛的食物。这种情况并不多见,一个月也就一两次,我想,这是给我们补足营养吧,都希望我们每一个都能长得白白胖胖的。

半个小时后,我进入休养状态。和我一样闭目养神的,还有我身后的伙伴们。我们还沉浸在对山坡上绿茸茸的青草思念的时候,你又出现在我们的面前。我的心涌动起来,我们小小的心愿,你就这样要给我们完成了。和我一起站起来迎接你的,还有我身后的小伙伴们。

他们兴奋地骚动,让我从心底里感激你。也就在这时,我抬起眼,看着你，我读出了另一种强烈的信号。

你打开了门，我身后的小伙伴们，兴冲冲地准备朝敞开的门跑去。我用身子横在他们的前面。他们一下子静了下来，在我身后，我不用看，也知道他们的眼神都在我的身上。

我们的静止，引起了你的重视。你迈了进来，并且关上了门。这个举动我们熟悉。上一次，再上一次，你就是这样进来，抓走了我们的两个伙伴，至今，也不知他们去哪里了。

"你们看，你们选中哪个，我就逮哪个？"你没有理会我们，而是对外面的人说话。我顺着你的眼睛看的方向，我看到两个人，陌生的人。你就是在对他们说话。

他们用变形的眼睛，在我们中穿梭。说他们的眼睛变形，是因为我看到他们的眼神中，有两根圆圆的，长长的竹条，正插在我们的身上。我们的肉身，正在分离。

可是这些，我的同伴似乎没有看见，他们看见的是，来人手中的物品。那被包装着的，他们捧在手心里的，其实没有打开，我也猜出是什么了，就是欲望。现在就有这样奇怪的现象，明明都已经拥有富足，却还是想要得到更多，还要控制不住心中的欲望，所以，他们在我的身后想要往前凑，即使我一次又一次地用力地把他们推得远远的，却总是用充满希冀的目光看着来人的手。

两个陌生人把手伸出来，放在最低处，满脸都是含着笑，在我身后的伙伴们将要触及时，却又渐渐地扬起，又扬起，再扬起。越是得不到的东西总是那么珍贵，就是这样，我身后的伙伴就是差那么点距离。于是，几个小伙伴开始要越过我，向来人靠拢。就在来人伸出另一只手准备圈住我那意志力不够强的伙伴时，我用脚狠狠地踢了伙伴一下。一阵骚动，来人手上抓了空，一脸懊丧。

懊丧的两个家伙显然对我怀有敌意，想要把爪子伸向我。手却在半空中收了回去，我也不用看，我知道，是你阻止了他们。我有这个自信，我在你的心中，是有着多重的分量。

两个陌生人显然对你不满意，又无可奈何，只得故伎重施。我当仁不让地百般阻挠。如此三番，两个陌生人没有耐性，站在一边，你就走了上来。我自恃能挡得住你对我的伙伴的伤害，毫不犹豫地把我的胸膛挺得高高的，我的身躯拦住了你的脚，用我的头挡住你的长臂。

与两个陌生人一样，你的想法没有得逞，是因为我的碍事。

最后，恼羞成怒的你，将我交给了两个陌生人。

我被五花大绑着，没有一丝挣扎。在被那两个人塞进那满是污渍的车厢里时，我回过头看了看我的伙伴们，想要说些什么话，归于沉默。对于你，我没有留恋，我能感受到一股殷殷热热的光刺到我的背上，我知道是谁的，但我不屑去回首。

再说说后面的事情。

之后的一切，你也知道结局，但你猜不到，我们会再度相逢。

那时，你站在街道的一个角落里，微弱的灯光下，红色的火焰在跳跃着。你那黑乎乎的手上拿着细细的竹签上，竹签上一小块一小块，沾满辣椒面的肉块，从火焰上，窜入你的口中。

那一刻，我惊得大喊，声音只能轰响在我缥缈的灵魂之中，你听不见。

看着你沉浸在美味之中，我决定离开。

在我离开之时，我想要对你说："主人，曾经有一头羊，想要永久地做你的领头羊。"

一条失联的狗

启民提着行李包,刚走出站口,背后就被推了一下。启民转过身一看,推他的,并不是人,而是一条狗。

尖尖的耳朵,瘦长的脸,还有长长的毛发上裹满了黄黑的污渍,唯有鼻子上有一点金色的毛发。这是启民看到这狗的第一印象。

狗是用爪子扑了启民一下。潮湿的路面上,水和泥土的混合物还在黏合,启民知道,自己的衣服上,肯定有两个鲜明的泥土印痕。启民想要举起的左手,就无力地垂下来。

垂下的手还没有完全放回裤腿一侧,被那狗就一个前蹦,一口咬住!

启民一惊,右手抡起行李包向狗砸去,却又在快砸到狗的身上时,启民把力量生生地收了回来。

那条狗并不是真的要咬启民的手,却只是轻轻地含了一下,吐出来,又用那有长长的毛发的头在启民的腿上来回地蹭。或许是狗看见了启民正要落在它身上的行李包,它惹人可怜的模样,活脱脱像个小孩子。

这是启民后来对人说的,正是这条狗憨厚的样子,让他软下心来,这条狗也就随了启民,回了家。

启民对狗进行一番"大扫除"后,发现自己拾得一个宝——竟然是一条全身金黄长毛的金毛。由于启民拾到时，是一副憨憨的样子，启民就给它取了个名字叫"闷敦儿"。

"闷敦儿——"随着启民一声吆喝，闷敦儿一定会在最短的时间里出现在他的面前。最令启民欣慰的是，闷敦儿对他的迎接。只要启民步行回家，离家五十米开外，一个金黄的影子，风一样地冲向启民，然后一双后腿直立，两个前爪子就扑在了启民的怀里。

闷敦儿对启民的依赖，越来越深。启民有时出门需要骑电动车。那天，恰好闷敦儿看见了。闷敦儿一下跨到启民的电动车踏板上。启民想，也没有什么要紧事，恰好还可以评估一下闷敦儿的胆量。没有想到，闷敦儿在车上的感觉良好，起初还蜷缩成一团。不一会儿，它就左右伸出脑袋来张望。几分钟后，闷敦儿就坐在踏板上，脑袋抬起来，望着启民，一副小人得志的模样。最让启民感到意外的是，启民买好菜，才发现闷敦儿占用放菜的位置。

启民左看右看，忽然起意，把装有菜的口袋放在闷敦儿的脑袋上。可是闷敦儿的脑袋比口袋提手大，没有套进去，往下滑的时候，闷敦儿一扬头，一张嘴，衔住了口袋的提手。

闷敦儿就这样衔着菜口袋坐着启民的电动车回了家。启民对闷敦儿的表现很满意。

闷敦儿是自来熟，又不咬人，启民平时就散养，很少用链子拴套它。有朋友来时，启民总会介绍这条主动找上门来的金毛。闷敦儿也会与人接触一次后，很快熟悉起来。

与人熟悉后的闷敦儿，更会去讨人喜欢。闷敦儿会在别人吃东西时，抬起头来望着人，一双水灵灵的眼睛，饱含深情地望着人，嘴巴张得老大。

于是，食物在空中形成抛物线，只见闷敦儿抬头，张口，食物已经进入它的口中。干脆流畅的动作，自是又得到喝彩。

闷敦儿还嗜好坐电动车或是踏板摩托车。只要是与启民一起逗弄过闷敦儿的人，如果是骑着车来的，离开时，都只得悄悄行动，或者把它关在门里。不然，闷敦儿会坐等在车上，把头伸得低低的，一副喜笑颜开的样子。再怎么追，怎么抱下来，闷敦儿都会在车启动前站上去。也有人就带着闷敦儿去遛一圈，再送回来，可是再离去时，它又坐在车上。

  为这事，闷敦儿挨过启民的责罚。那次，闷敦儿又缠着别人的摩托车不下时，被启民强行抱着关时屋里。启民用扫帚打了闷敦儿，闷敦儿仿佛也知道错了，眼皮向下，一双眼睛委屈地看着地面，把头耷拉着，嘴里发出呜呜的声音。那天，启民故意没有给闷敦儿喂食。

  也就在启民责罚闷敦儿的第二天，启民回家，闷敦儿没有来迎接。进屋后，启民才知道，闷敦儿自从早上出去后，再没有回来过。

  几天过后，闷敦儿没有回来。

  启民知道，这条叫闷敦儿的金毛，已经失联。这条金毛，在启民的生活中，莫名地来，又莫名地去，就如一阵风，曾经路过而已。

第五辑　百味，掌舵航线小舟

迟到的赤松茸

"刘哥,这是延期多长时间啦?"启民问。

问这话时,天空中还是有阳光的。其实,透过这丛丛的松林,本就看不到多少天空的。虽然阳光穿过松林,洒下斑斑驳驳的星点,却没有春深的温度。

"已经推迟了两个半月啦!我也问过技术员的,他说他现在也回不来,没有实地了解情况,就不能找出原因。"刘哥晃着头,无奈地说,"他被滞留在外省,也回不来,他可能要死在外地吧!"

说到这个人的时候,刘哥的语气不再温柔。

"技术员不是要全程追踪的吗?"启民理解刘哥心里的愤怒,但是更希望能理清事情的缘由,找到解决问题的办法。

或许启民的问话惊醒了刘哥。

刘哥从牙缝里扔了几句:"只有买种子时,他最热情!后来,做材料时,他也没有一次性地讲给我听,隔几天是秸秆,隔几天是树皮,隔几天又是麦草,最后又是玉米面。总之,就没有按规划地把过程详解给我。"

听完这席话,启民也暗暗吃惊。

刘哥是年前开始筹划种植赤松茸的。

刘哥具备先决条件。在这叫万寿樽的地方,刘哥经营着三百多亩地的松林，六年多的松树林已经成型。松林的地面没有一株杂草，跑山鸡将地面的杂草消灭得干干净净。整齐的地表，再加上松树林，这些正适合赤松茸生长。刘哥把技术员带到山间走了一遭，技术员就这样给刘哥吃了定心丸。

于是，经过投资、运材料、加工、耕作一系列的繁琐运作，二十天里，启民几乎没有见到刘哥闲散的身影。

刘哥邀请启民去玩时，松林间已经隆起了一垄垄麦草秆覆盖的土地。

启民弯下腰，忍不住想要拨开麦秆去看看，还是停下了伸出去的手，只是用手拍了拍自己的大腿，仿佛是要掸去身上的灰尘。

"你看，这里，这里就是观测点。"刘哥显然是知道了启民的意图，指着一处麦秆的地方给启民看。

掀起麦秆的一角，启民看见黑的、松散的营养土之上，没有惊喜，一无所有。也不能用一无所有来概括的，因为，明明有不少的草芽在摆弄稚嫩的娇躯。

透过营养土的缝隙，启民仔细寻找，没有那异物的身影。刘哥用小棍子拨开几处营养土，土里果真没有萌芽的趋势。

"看来，这赤松茸很矜持，不知道是不是因为想孤独。"启民揶揄地说，"即使是荒芜的土地也会企盼甘露的滋养。"

刘哥愤愤地说："技术人员因为疫情，被滞留在外地了。而我的赤松茸，也被忘在了垃圾里了。"

启民离开时，刘哥的话一直回荡在松林间，就像是松叶之隙透出的叹息，或许是有什么难言之隐吧。

启民为刘哥抱不平，却又无能为力。

一个多月后的一天，刘哥来电话了："快点来，来尝尝赤松茸！"那惊喜的语气感染了启民。

等启民抽出时间，来到刘哥的基地，又是几天后了。

天下着细雨，启民随着刘哥来到种植点，秸秆和麦草早已不见踪影，那垄起的土堆上，三五成群的戴着红色小帽的白色小胖子，把土堆上的间隙塞得满满的。

地面泥泞，土垄上显得有些杂乱。

"这几天一直都在采摘，已经出售了三批了，现在都被预约了。"刘哥的话语里掩饰不住喜悦。

启民弯下腰，仔细看那一个个可爱的精灵：婴儿的手腕一样粗的身躯，即使出污土，冒出地面，却也是雪白得一尘不染，最漂亮的是那头顶的红色的、圆溜溜的脑袋，钻出土来，怎一个美字了得？

启民采下一朵赤松茸，像一条小泥鳅一般，滑滑的。凑近鼻子，一股夹杂着些许干草味的清香之气氤氲在空气之中。

"总算是出来啦！"刘哥的叹息几乎与启民一致。

"正常的赤松茸是什么时间收获呢？"启民问。

"从种下去，到收获，少则一个月，多则四十五天。"刘哥说这是技术员告诉自己的。

"那你种的赤松茸历时多久？"

"四个月零九天。从最先一朵钻出地面算起。这个迟到，不是一丁点儿，我都以为是旷工啦！"刘哥说完，笑出了声。

"那是什么原因造成的呢？"

刘哥一边把采下的松茸放入篮子里，一边说："我也在纠结这个问题。技术员是不会说错的，因为我们签订了合同，是有赔偿承诺的。等一会儿，技术员都要来的，听听他怎么说。"

快中午的时候，技术员姗姗来迟。

"之前，之所以没有一次给您讲，需要什么材料，是因为营养土的培制是一步一步地来，就是怕您急于行事，一次就完工了，那么赤松茸的生长就不会有层次性。而且，每一次材料的选用，也是有时间性的。"技术员说这话的时候，嘴角向上弯了弯，"或许你还产生了误解。

不过,这不重要,结果才是最好的解释,不是吗?"

启民和刘哥互相看了一眼,点点头。

"可为什么推迟这么久?"启民抢先把刘哥的疑问撂了出来。

技术员没有直接回答启民的问题,和刘哥一问一答起来。

"我记得您说过这里比山下海拔高多少呢?"

"五百到六百米之间。"

"您还说比山下温度低三到五度,即使酷暑的午后,野外松林下也不会显得燥热。"

"是的。有什么关系吗?"

"这就是原因。气温没有达到它生长的要求。当时我在外地,我也没有想到相差几百米,温差会这么大。现在我相信了。"

技术员站起来,大声地说:"您这里虽然冬季不适合种赤松茸,但是夏季一定适合避暑!周围的人有福了,不必千里迢迢,可以就近度假了。"

刘哥和启民会心地笑了,笑声林间回荡,穿破密密的丛林,迎接下缕缕温暖的阳光。

墙壁上有只猫

发现墙壁上有只猫,纯属偶然。如果启民不是看书累了,如果不是客房刚好没有住人,如果不是客房窗户望出去可以看远,如果不是启民拉动靠左边的窗帘。没有如果,一切都已经发生。

拉开窗帘,那只猫就那么突然地出现在墙上。

显然,人和猫都猝不及防。猫立着耳朵,眼睛瞪得老大,嘴巴半张着,两排锋利的牙齿露出,警告欲要侵犯它的人。

启民被吓一跳,不仅仅是它的狰狞,最主要的,这是一只脏猫。

这个脏,启民无法忍受。这本是只白猫,可猫的头和脖子上没有毛,只露出灰褐色的本色,身子上也是东一块西一块地掉色,露出灰褐色。

启民发现墙上的猫后就与猫僵持着,最后,启民败下阵来。

败下阵来的启民,把丧气扔给了沙发。挣扎了一会儿,启民站起身来,窗外射入的一缕阳光刚好照到他的眼睛。启民的火就从心底升起来。

迈出客厅,只用了三步,这在启民的步伐中,算先例。

不知是风的原因,还是用力过猛,房门发出了惊天动地的声音,至少,启民感觉到了震动,来自楼上楼下的延时颤动,同时,这颤动也震撼了启民。

启民放慢了脚步,准备上楼。第一阶八级,第二阶九级。数着数,十七级梯步，启民花了十多分钟。

紧闭的防盗门前，启民举起，放下，举起，放下。

最终，启民把一个手指的第三个关节与门接触。

一个三下，一分钟后，两个三下。直到第三个三下，门开了缝隙，却并不见人。

"你要干什么？"带着哼声的问话先冒了出来，吓到了启民。

"楼下，楼下有只猫。"启民一时结巴起来。

"我们不喂猫。"还是那样呛人的语气。

"我是说楼下墙上有只猫，要不，您去看看？"启民清了清嗓子。

门开了，头发花白下一张愤怒的脸露出来。"您……您是黄老师？您什么事？"

邻居的语气与脸色都变了，让启民悬着的心倒是慢慢静下来："您现在有时间的话，能不能下楼去看看？"

邻居顿了一下，点点头，和启民下楼。

"是有只猫，还有老鼠。"邻居不仅看见了，还补充了一句。

"不好意思，这是我们家上次遗漏的后果，我们马上找人处理。"邻居道着歉说，给您添麻烦了。

邻居客气的一席话，启民有些措手不及。

把邻居送走后，启民想起上次因为邻居房屋漏水，都闹到社区，邻居才极不情愿地给自己厨房重新安装了水管。

启民的疑惑中，邻居第二天就请了一个工人来找启民。

"我请了工人来给您处理墙上的猫。"邻居说。

"不用，不用，我自己请人就可以了。"启民连连拒绝，"我只是想告知您，可能您家的水缸漏水了。"

"黄老师，您真是热心肠的人。谢谢。"邻居毕恭毕敬地说，"前天，您还冒着危险，帮我家高空作业开锁呢。"

听了邻居的诉说，启民想起来，那天，邻居家的钥匙忘记在家里，启民看见邻居和锁匠在楼顶吊绳索下去,就搭了把手。

"都是邻居嘛,举手之劳而已。"启民发自肺腑地说着,又补充一句,"远亲不如近邻呢!"

"是的,是的。"邻居附和地道,"所以,您家墙壁上污渍,就是那油漆掉了,像猫和鼠的地方,是我们该负责的。"

"没事的,我自己刷一下就行了。只要您那里不再漏水就好。"

一周后,启民再拉开窗帘,那墙壁上不再有猫,修补的地方完美衔接,还有一缕清香。

想着赶走的不是猫,修补的不是墙,启民的脸上有了笑意。

专场演出

　　这是一个典型的农家小院，说是小院子，其实是一栋小平房和一个土坝子。

　　土坝子的一侧是小陡坡。坡下是一条小溪流。溪流去的远方，是隐隐约约的山林。

　　小平房的后面，就是高高矮矮的树林，树林的后面，是大山。其实说不上是大山，只是四周都是山林，就好像身居大山之中。

　　这些不是重点，重点是，土坝子上，搭建了一个舞台。虽然舞台简单，就只有一个写着"庆祝国庆演唱会"的横幅，但是，标语下，音响设备倒是应有尽有。整个舞台，演员有七个，一个鼓手，一个吉他手，一个贝司手，一个电子琴手，一个萨克斯手，还有两个歌手。

　　观众只有一位。是位老人。老人不是坐着的，是躺着的。老人在屋里的床上躺着，床头上，还挂着吊瓶，吊瓶里的药剂，不紧不慢地滴着，流进老人的身体里。

　　老人叫蒋朝均，村里重点扶持对象。

　　"老人家，可以开始了吗？"一位歌手走近老人，低下身子，轻声地问老人。老人点点头。

　　"各位准备好，演出马上开始。"歌手转身对大家说。

　　于是，每一个人都在自己的位置上做好准备。歌手快速地走回到横幅标语下。

"今年，是我们中华人民共和国成立七十周年，在这个特别的日子里，我们乐队与八十五岁的蒋朝均老人，一起共同庆祝我们伟大的祖国，祝祖国更加繁荣昌盛，祝人们幸福安康，也祝老人益寿延年。下面，我们演唱一首原创歌曲《歌颂祖国，歌颂党》，蒋朝均作词，乐队作曲。"

歌手的开场白刚一说完，刚才还微微闭着眼睛的老人，一下子把眼睛睁开，满眼光亮。

乐声已经响起，歌声正在飘扬，穿过土坝，飘入老人耳际，越过房屋，和着秋风，直入云霄。

为了这一刻，时间还要往前推一个月。

那天是八月的末尾，七八个人聚集在老吴的家中。老吴把一个称得上古董的笔记本拿出来，翻出一页，字写得有些歪歪扭扭的，但却是一笔一画写出来的。老吴一边给大家看，一边说："今天，我把大家请来，是想让大家帮我一个忙。这是我的一个帮扶对象写的歌词，他的愿望就是把它谱成歌曲，要发表出来，要在国庆的时候，献给祖国，献给人民。"

几个人传递着看了一遍，有人皱了皱眉头，也有人动了动嘴唇。却没有人说话。

"这也是一个老人真挚的声音，或许，也是老人最后的一个愿望了……"老吴把这个蒋姓老人的情况讲给大家听后，刚才还沉默不语的几个人就激越起来："谱曲，演奏！我们立即做，还要给他开一场专场演唱会！"

意见统一起来，几个人一起谱写曲子，才发现做这个事情不是说话那么简单，老人只管写出了心中对祖国的祝福与感慨的话语，而且一写，就是三个段落，没有起伏，没有韵律，而真正在谱写曲子时，音律对词的要求，难度就显出来了。幸亏人多力量大，乐队里还有比较专业的人才。在尽量不改变老人的内容的情况下,一首曲子,半天的时间,完稿。接下来,老吴就给每个分配了任务和角色。于是,每到周末,几个人就从各个地方赶来,一起排练,为演唱会准备。

一切准备妥当。老吴告诉大家,老人家坐落在大山深处,出入不太方便,加上老人身体不方便,所以,老吴决定进入深山老人的家里,去专场演出。老吴的意见没有人反对。于是,一行人进入到山里,在老人的院坝里,才有了今天的这场演唱会。

一首曲子奏完,老人脸上满是泪水。老吴和乐队又为老人演奏了几首曲子。最初老人是躺着的,到后来,已经可以坐在床上。

老吴临走时,送给老人一个U盘,里面是蒋朝均老人作词的那首歌的演奏录音。

走出大山,嘹亮的歌声,还缭绕在上空,飘向着更远,更远。

聊斋

启梅是在回家的路上发现自己被跟踪了。

还没有下班,启梅明天的行程就已经被预约——儿子的班主任老师让她去参加家长会。接到老师电话,启梅想起确实这段时间医院里工作忙,疏于管理孩子的学习了。不过,孩子的成绩还是比较令人满意的。

启梅驱车往家里赶正值下班高峰期,车流量还是相对比较大,虽然这一段路是省道,轻车熟路的启梅开着车在回家的路上,还是娴熟地穿梭着。

想着儿子,启梅心里就起了涟漪,丈夫经常出差在外,儿子上小学四年级,女儿小学二年级,平时都是由他们的爷爷奶奶管理。启梅只有在下班后,简单地检查一下作业,其实就是签一下字,与孩子的交流实在太少。发呆时,启梅的车差点偏离了车道,她赶紧提起精神。

这时,启梅才发现车快没有油了,幸亏附近就有加油站。

把车驶进加油站,启梅刚停下车,后面就跟进一辆黑色的越野车,差一尺就追到她的车尾上。车上的人还使劲地鸣了一下笛,把启梅吓了一跳。

加完油,启梅通过手机支付给加油的工作人员时,发现后车的司机就一直看着她,启梅看了一眼,也不是熟人就没管他。

启梅加好油,把车停驻在加油站,去了一趟卫生间。

启梅重新启动车,准备回家。也就在这时,启梅发现自己被跟踪了。

跟踪她的,就是那个开越野车的司机。因为,他加了油,车就在路口停下,启梅开车出去,他看了启梅一眼,就一直跟着她。

发现被跟踪了的启梅先是发慌,这毕竟是人生第一遭,不过,启梅又镇定下来,现在可是青天白日的呢!

启梅开始琢磨:跟踪自己的这个人,刚才在加油站,透过车窗,她是看清楚那个人的,是一个非常奇怪的大叔,开的是一辆三菱越野车,粉红色衬衫,戴着眼镜,红通通的脸看起感觉像酒驾。

为什么会跟踪自己呢?启梅一直在想,难道是自己刚才什么时候超车,惹到他了!还是刚才加油时说密码被他听见了,要抢加油卡?

启梅忽然想起,刚才在加油站,她开车经过他的车时,他在车里的表情是特别的凶狠、狰狞!

启梅打了一个冷噤。

"请为我保存,车牌号,DV555。"

放慢车速,启梅把信息发到好友的手机上。后车也放慢了车速。

启梅不敢回家,因为她不能让他找到自己的家,家里还有两个孩子。她有了主意。启梅把车开进了县城,绕着滨江路转了两圈,后车也跟着转了两圈。启梅咬咬牙,在最热闹的商场外,找了一个车位,把车停下来。后车也跟着在启梅车后,停了下来。看启梅下了车,他用力地"滴滴"了几声,摇下车窗,看了启梅几眼,才把车向前慢慢开去。

启梅看着他开的车消失在前方,再进商场逛一圈,才出来开的车。

坐在车里,启梅的好友也回了信息。

"怎么像聊斋一样啊?"

"他还在跟踪你吗?再跟踪的话,赶紧报警。还有,在加油站,如果他下车加油,监控器里应该能看清那个人。"

"还可以打 110 可查车牌，车主是谁，顺便让警方记录在案。到我家来住，别怕，我老公在家的。"

好友的体贴，让启梅有了定心丸。

启梅开车又转了圈滨江路，没有发现那个人。但她还是不敢开回家，真开车到好友家住了一晚。

一夜无眠。

第二天早上，启梅没有去上班，直接去参加儿子的家长会。

到了学校，启梅才知道，这次老师让开的家长会，就只有她和另一位家长。当那位家长出现在启梅面前，启梅一眼就认出，正是昨天跟踪自己的那个男子。那个男子的女儿，正是和启梅的儿子同桌。

启梅才记起，老师打电话来说过，儿子有时喜欢欺负同桌。启梅竟然忘记了处理。

启梅知道，如果没有处理好，就会是下一场惊恐的"聊斋"。

启梅赔着笑，向那位家长走去。

天眼

"真的要再来一次?"松问。语气里满是忐忑。

"是的,你说过的,所有的遇见,都是久别后的重逢。"媛用手捋了捋额前飘飞的发丝,轻轻地说,却有一股不容拒绝的力量。

"万一结果不如像你想象得那么好,会怎么样?"松有些着急。

"但也不会像你想象得那么糟。"媛接下一句接得很快,顿了一下,又说,"认于眼,识于心,方敢与君结。"

松看了看那丹霞画壁前望乡台瀑布,仿若自己的一颗心从景观中心穿过,如丘比特之箭般。松又转过头来,看了媛一眼,用力地点了点头。

松沿着小路向着"天下第一眼"走去。这所谓的"天下第一眼",是大自然造化,是四面山独有的"天眼"。山腰处被风化腐蚀成为的一个天然石窟,形若巨眼,故而得名。站在洞口,可以观看对面的心型瀑布。

松与媛的初识,就是在"天眼"处。难怪人们会说这里是一座爱情的山,这里是一片种满了爱情的林,还有一挂氤氲着爱情味道的瀑布。回想起曾经的浪漫,松的脸上漾起幸福的笑容。不知不觉间,松来到天眼处。

也就是在这时候,媛的电话也打过来。

"可以开始了吗？"

"真的不得不佩服你，我刚好到。松接起电话，语气里透出的全是赞赏。

可媛似乎并不买账，只是哼了一声，又问："可以开始了吗？"

"好吧。"松似乎叹了一口气，却也是欣然答应了。

"那么你现在说吧，我在哪里，正在做什么？"媛说这话的时候，很慢，一字一顿。

松稍隔了一会儿，才说："在相思桥上。"

"嗯，差不多，你试着可以再具体一点吗？"媛先是点点头，再补充了一句。媛知道，站在天眼的松是可以看见心瀑布的，但看不见瀑布之下稍远的相思桥，但是，松能猜中她的心思，说明默契还在，这也是让媛感欣慰的地方。

"你这不是故意为难我吗？"松说话时，不小心把笑声也洒了出来。

"你发挥你的爱好啊，我相信你一定能行的。爱好可不只是重复地用来做展示，你肯定能够转化成一种力量，去体验更多的领域，我想能看到更多的价值和意义。"媛说这句话的时候很快，像倒豆子般的，噼里啪啦一股脑儿全蹦出来。

"好吧，我试一试。"松爽快地答应了，然后电话里就没有声音，或许是陷入沉思之中。

这倒是让媛拿着电话有些发憷，她左右看了看，正是冬季，来游玩的人并不多，但并不代表没有人。这里可是偷得几日闲的游人休憩、畅聊的绝妙去处。那不远处，有一位穿着紫色衣服的美女，正在朝着媛身后的瀑布照相。媛有些失笑，自己可不想成为影响别人风景的人，她低头慢慢地蹲了下去。

"你现在正在相思桥的第四十一处桥墩上，看涓涓流水，还是寻找小鱼儿？"松的声音在这时响起。

媛大吃一惊,她站起来向四周看了一看,附近没有熟人,就是刚才照相的美女也已经转过身去,与同伴在说着什么。

"我说对了,是吗?因为你喜欢水,而那里刚好可以蹲在边上的一块石头上。其实,我更想说的是,这真的只是爱好而已。而真正让我们一直纠结的,从来都不是爱好本身,或许是你对于这爱好的不接受。"温柔的声音透过媛的电话,轻轻柔柔地传到媛的耳朵里。

媛知道松要说的是什么,这么多年来,她当然知道他渴望着出类拔萃,这些在他的身心投射出了一道与众不同的光彩。

媛抬起头,仰望瀑布,那道鲜亮的银链,在时间的洗涤之下,成了绝佳的经典。悬挂于山石间,如烟,如雾,如丝,一切变得如意起来。

忽然之间,媛的心像被棉花簇拥,柔软了起来。她对着电话说:"松,你下来吧。明天,我们就结婚。"

"真的!好,你等着我,我马上下来!"松大声的一口气说完,就挂了电话。

媛被电话里的声音感染,满脸洋溢着幸福。她不知道,此时,松正对着手里的另一个手机说:"小姑,成了,谢谢您。"

手机里与松视频的,是一个穿紫色衣服的美女。

那是一场最初的告白

我朝那个女人的肚子蹬了一下，又踹了一脚，是用尽我的所有力气。我听到女人痛苦的呻吟声，她捧着肚子，蜷下身子的时候，我心里还是一紧，但我闭上眼，攥紧拳头，没有看她一眼。

她随后被一个男人带走了，我在暗处，但我还是跟随着去，我想要探个明白。

我想踹她的心，在跟随着她走了不久之后又生起。因为，她那狂傲的态度，她左右摆动着手，拖着两条腿往前挪的样子。我现在的一切，都是她造成的，最起码与她有关。

之前太久的事情，我就不去重提，关键是我也记不清了。这里，单就说那天的事情。那天应该是四个月前的今天。

冬日的阳光，暖暖地照射在大地上，温馨而暖和。坐在她身边的那个男人，大声地朗诵，传给了她身边的每一个人，恰巧，我听到了。

说是朗诵，因为，那个男人说的话，真是比蜜还要甜，我听得都醉了。这不重要，重要的是，却没有让她迷醉。相反，她回复他的，就是一个字，"不！"然后用了千百个动作来表示她不同意他的观点。那个男人，是个傻子，我不应该这样说的，但我是真的生气，先是生她的气，然后就是生那个男人的气，一点儿都不坚持他的意见，最后居然就同意了她的想法。而我的命运，就在她的拒绝和他的软弱之后，改变了。这样说，我今天的命运，我此时的处境，就在她拒绝的时刻，他委曲求全的瞬间，就已注定。

这个命运，铸就了我没有合法的身份，决定了我从此抬不起头来，这些当初我并不知道，只是那个男人告诉她的，被我听到。没有被我听到，可能还好，可就是被我听到了，我当然不会善罢甘休。我要报复，报复的行为，就是我这多余的半个月的黑暗生涯。这不是我想要的生活，但我真的就被迫待在黑暗的角落里，这半个月里，每一天，我在角落里数着日子，掰着手指头，一下一下地掰。掰着数着，聚集在心中的愤怒就燃烧起来，一直在旺盛的焰火之中。每天，我都害怕，我只能蜷缩成一团，抱着膝盖，抱着脑袋，不敢惹恼她，更不敢惹恼她身边的人。

这十五天里，我完全可以提前释放，可就是因为她，她对我的围困，她的不依不饶。她做到了。庆幸的是，十五天，艰难的日子即将过去，今天，我知道，我解放了，我即将得以见到天日。

我怎么也没有想到，我见到天日的代价。

这个代价，是我挥却混沌的世界，等待大门的开启；是澄澈的天堂，呼唤生命的阳光。可我不知道，是她用自己的胸膛，阻挡住发着冷光的刀刃。我迈出的瞬间，满眼是血的鲜红。她倒下了，倒在血泊中。

我就在那一刻，挥手向天，向天长啸：妈妈，我来啦！

这声音，响彻云霄，不只有我能听得懂，还有躺下的她——我的妈妈，她轻轻地偏转头，看着我，然后幸福地睡了过去。

我在医护人员的帮助下，我把嘴对着妈妈，再一次用尖锐的声音，向妈妈，喊出我的这场生命伊始的告白。

春天桃李开

桃蜷缩在一角,像一只忧伤的兔子,伤感地落在窗外的雾阵里。这本就是容易令人怀旧的日子,他埋着头给自己上了一堂回忆课。

五天前,阳光给冬日的寒冷铺上新絮时,桃给母亲打了电话:"妈,你在家乡还好吧?我看,这段时间都是好日子呢!今年我就不回来了,再打拼两年,我们就换新房子。"母亲听完只说:"好,注意身体。"

然而,在离年关越近的时候,桃对家的思念像突如其来的雾一样密集起来,这个时刻的雾,汹涌地将大地轻易地盖住。这个城市里忽然弥漫着霾的气息,或者说是霾的气息弥漫在这个城市里。桃看到城市的寒冬,这是个有病的冬天,他在这冬天的萧萧风中,露出有病的笑容。

桃把自己从回忆课里拉回来,他又给母亲打电话。"妈妈,我要回来,我冷。"母亲仍然只说了两句:"好,家里温暖。"

像是命令,他以最快的行动,打点好行李,自己驾着那辆即将报废的车向家的方向驶去。车即将消失在离去的地方时,昏黄色的霾从很远的地方跌扑过来,张牙舞爪地放肆地想要拖住他的车辆。可惜,桃归心似箭,没有发觉。桃冲出那个包围圈,留下黑黑的尾气,与霾搅浑。

离家越近，桃的心越忐忑。沿途没有意料的高峰拥堵。

直到桃离家还有半天的行程时，他在服务区，才知道事态已经扩大。桃与其他的人，从那个病了的冬天，被霾笼罩着的城市逃离出来，就是一个错误。打开手机，桃才知道，在自己开车的这两天时间里，发生了很多的事情。冬雪和着污泥化成了透明的泥水，却又暗含一种叫病毒的东西，正四处流淌。

"你带回家的，是亲情吗？"服务区的广播里正在宣扬着劝返，这是其中一句，桃记住了，但他不知道，他确实是不确定。桃思忖再三，给母亲打电话，"妈，我没回来，我去另一个城市上班了。"母亲在电话里颤抖着说："儿子，你没有事吧，你前几天所在的地方，出了大事啦！你赶紧去医院检查一下。妈妈在家里等着你。"

桃一抬头，天空中有冷冷的水落在眼里，滚落在脸上，竟然是温温的，原来是泪水。泪水像忘了安装刹车一样，不停地流下来。

桃把自己扔进车里。打开车窗，风一阵一阵吹来，吹起了他的头发。他把车往回开，宽敞的车道上没有更多的车辆。桃的车就像一片树叶一样，一阵风就会吹跑，但他很坚定，即使自己是一个普通的打工者，也有自己的方向，桃知道，他的命运开始改变了。

"你真的要离开？"发问的是洋人，手里拿着一份辞职书，一脸的不可思议。

"是的。我确定！"语气里充满不容置疑的说话人，是李。他一边说着，一边从口袋掏出一支笔，他把它拿出来放在洋人的桌面上。洋人是李的主管领导。

"你要知道，你放弃的是些什么吗？首先，是许多人梦寐以求的绿卡；其次，你在这里有其他国家所不能享有的特权；第三，如果你决意要离去，可能，从此你将不能再踏上这片土地。你确定吗？"主管领导在帮李分析要害。

"我知道,但我必须回去。"李肯定地说，眼睛透过窗户，望向外面，那里是太阳升起的地方。

"如果你有更高的要求，我也可以给你保障，只要你不离开。"主管领导再三挽留。

"我意已决。"李讲得很平缓，像是从远处流来的流水，说完，李就走出了办公室。

三个小时后，李已经坐在回国的飞机上。偌大的客舱里，就只有李一个人。李并不觉得孤单，与他同行的客舱里，还有很多有着赤子之情的同胞。

一天以前，李还悠闲地端着一杯鸡尾酒，坐在灯红酒绿的异国他乡的酒吧里。他看着街上的人来人往，车水马龙，眼神却像棉花一样柔软无力。在十字路口，炫彩的灯光落下来，罩在行人的身上。似乎有那么一瞬间是宁静的，可片刻之后，又是无边无际的喧嚣。

是一个电话打破了李端着酒杯的思绪。李听得很沉重，酒吧里淡淡的光华让他忽然感到刺眼。忽然，他的目光一改轻软，而是坚定，是刻不容缓，越过辉煌的城市，像一只鸟本来栖息枝头，如今却轻轻地落在夕阳坠下的另一方。他知道生活不是这样的简单了。

一切从简打点，带着侨胞的委托，还有他唯一能带走的留存在记忆中的东西，他离开，选择回家。母亲正有难，是最需要儿女的时候。

飞机上，李透过机窗，白云的下方正是母亲的土地。

在医院里，穿着白大褂的李与和躺在床上的桃会合了。李把从飞机上带回来的物资给了桃和桃的病友；李从桃和其他病友身上取走了一些东西。桃满是希冀地望着李，李的眼睛里充满温情，仿佛如水的月色。

李和桃是兄弟，李和桃是病友，他们都是母亲的儿女，儿女的心和母亲的心永远是一起的。

东方，和煦的春光正在普照大地。

夜色下的比熊犬

城市的灯光亮起来,车水马龙。这样的场景,不属于启民。启民是这样认为的。

启民站在公交车站旁,从左边的大桥上的灯火,看到右边的立交桥,再仰望到天空,满眼光亮。

正前方,仍然是光亮,高楼大厦之间,还有一些低矮的房子,隐匿其间。这些房子的窗户是整齐的方格子,方格子里有灯光,依稀还有人影在晃动。启民望着方格子默默寻找。在那幢楼的后方,隐约还有一幢楼房,那最顶楼的左数第三间里,最亲爱的人就在那里,不过哪一个人影是属于他的呢?启民直到眼睛都望疼了,也没有看清。那么远,怎么看得清呢?启民暗自失笑。

忽然,启民觉着脚下暖暖的,还有毛茸茸的物体钻进了裤腿。启民心里一惊!

低下头,一条小狗正踩在他的脚上,因为跑动,毛发蹭到他腿上。

这是一条动作优雅的宠物狗,全身白色,灵活步态匀称、健壮,萌态十足,蓬松的小尾巴贴在后背,耳朵下垂。一双充满好奇的"黑葡萄"看了一眼启民。然后走了开去,却并没有走远。

启民奇怪地看了看周围,并没有穿时尚衣服的女人,其他几个路人,也不像是狗的主人。

又是一条流浪狗？不对,这样一条可爱的比熊犬,怎么会被遗弃？启民在心中说,升起一股冲动,瞬间就消逝了,他从没有养过宠物,也不可能去养。

就在这时候,夜色中,走出一个老妇人,比熊犬欢欣地蹦了过去,在老妇人脚下蹭了几下,又转了两个圈,奔到路边的一个箱子边,抬眼向老妇人望去。

老妇人并没有看比熊犬,也没有看周围的人们,径直走向那个箱子。走近箱子,老妇人把腰弯下去,把手伸进了箱子上方开的两个口。

借着灯光,启民清楚地看到,那个箱子,是城市里的垃圾箱。

老妇人从垃圾箱里找到了一个剩下半瓶水的矿泉水瓶子,还有一个易拉罐。她倒掉瓶子里的水,放进她附身带着的一个口袋里。接着,她又把易拉罐放在地上,用力地一踩。她俯身拾起被踩扁的易拉罐,也放进口袋里。

口袋是一个编织口袋,不知是里面装的东西杂乱,还是灯光的原因,口袋显得有些突兀。启民觉着目光盯着别人看,会让别人难堪,就把目光移开。四周有好几个等候在这里的家长,可他们却并没有看这位老妇人的行为。

老妇人刚站直了身子,比熊犬已经转身,欢快地向前方跑去,前方,不远处,有一个垃圾箱,比熊犬跑到那里,停了下来,随意地转着小圈,偶尔,它的尾巴会拂到过路的行人身上。

老妇人向比熊犬走去。

夜色慢慢吞没比熊犬和老妇人。

"唉,出国留学还是不可取。"有人冷不丁地冒出一句话。

启民听得却不明白。

"真的是。看嘛,好好的一个家,就这样了。"又有人接了一句。

启民头没有偏,听到了后面的话语。

"先是儿子媳妇出国留学,留下老妇人带孙子,没有想到孙子高中毕业后，也出国读书去了。"

"其实出国倒没有什么，只是一家三口人出国，好像没有成为一家，反倒是成三个家庭了。"

"不，是四个家庭，还有在家的老妇人和比熊犬呢！那条比熊犬，还是当初那个孙子的好伙伴。"

"唉——"

正在启民还是有些摸不着头脑的时候，对面大门口开始喧闹起来，人流从门口涌出。

启民开始在人群中寻找，终于看到那个"亮点"，那是独特的，启民一眼就可以看出。

"亮点"从人流中走下来，再走上天桥，再"噔噔噔"地下天桥。启民看着，脸上的笑意越来越浓厚。

"嘿，爸爸！今天怎么不是爷爷来，是您来接我啊？""亮点"一下子出现在启民面前。看着这个比自己高出半个头的儿子，却还是那么天真，那么萌。启民不知怎么就蹦出一句话来，"你就像条比熊犬！"说完，启民笑出了声。

"爸爸，怎么骂我啊？哼，我看啊，您才像比熊犬！"儿子也笑了起来。

启民笑着拍了一下儿子的肩膀，笑着，笑着，就笑不出来了。

夜光中，车来车往，灯火辉煌。启民想起，夜色下的那位老妇人，还有比熊犬。

小心，鸭子！

启民的心里像煮沸的油锅，翻滚涌动着。可是此时，他除了拼命地摁着喇叭，就是时刻准备着提速。幸好是乡村路，没有禁鸣的标志。乡村路，注定就是路面有些狭窄。光是窄还不够，还有一些车停在原本就不宽的路面上。正准备加速行驶的启民叹了一口气，又摁了一次喇叭。

"前方的路上会有不可测，在任何时候，都要抱着一份希望和失望。"媳妇用手梳理了一下头发，安慰启民说。

平时启民可不是这样，既不会频繁地摁喇叭，也不会开车这么急躁。都是这乡村路！

启民放慢车的速度，憋了好久，挤出一句："总有一次路过，会影响宁静的情绪；总有一个玩意儿，会在路途中留下抹不去的伤痕。"

"你在煮'鸡汤'？"媳妇笑着调侃启民。

"不，是鸭汤！"这次启民接得很快，在这乡村路上。

媳妇没吭声。她知道启民说的意思。

就是这乡村路，就是刚才，该是半个小时前。启民开车的速度偏快，因为要赶时间。说是赶时间，其实是一早起来，媳妇用些什么小瓶小笔之类的在脸上涂抹，足足耽搁了启民计划出门时间有四十多分钟。启民不敢说出来，只能通过路途上加快速度来追回时间。所以没有早一分钟，没有晚一分钟，那群农家户的鸭子摇摇摆摆地横穿公路，

217

出现在启民的车前。

"小心，鸭子！"启民伴随着媳妇的尖叫，车刹出长长的嘶叫声，混合着还有鸭子扑动着翅膀的声音，夹杂着一声鸭子的惨叫。

启民把车停在一边，果然有一只鸭子，在路中央，杂乱的白色羽毛上，还有血迹。

一个农妇走过来，看了看鸭子，再看了看启民停在路边的车说："我的鸭子啊，现在可是二十几元一斤呢！你看，怎么办？"

启民不想多事，掏出两百元，说："不好意思，把您的鸭子轧死了，这算我的赔偿，行不？"

启民的直接，倒是让农妇没有想到，她犹豫了一下，接过了钱。启民和媳妇上车继续前行。余下的路，不用媳妇叮嘱，启民都把车速降了下来，虽然时间紧迫。再紧迫，也不能出事，一只鸭子，是小事，换作其他，就不可思议。

这样想着，启民开的车就如老爷车了。沉思中的启民，是被后面的车鸣声给拉回神。他无意间从反光一看，这是开火车呢啊。不知什么时候，自己的后面就一溜儿的车，各种车都有，一辆接一辆的。

"怎么会这样？"启民转过头，问媳妇。

"这段路限速。"媳妇说。她回头看了一眼后面的车，却并不在意。

启民想起，这段路不仅限速，弯道也多，刚才，对面一直有车。

这样的情景，启民知道，后面不知有多少车的司机在骂人了，因为换作是自己，也会骂人，只是前面的车辆司机听不见，事实上，骂人的只是在自己车里骂。

启民还是把车往右边靠了一些，速度也减慢了。不幸的是，对面不停有车经过，乡村路的弯道特点又明显。过了弯道，又是集市，车速反而被压了下来。出了集市，仍然是区间测速路段。

"测速的终点过了。"启民自言自语地说。

正所谓好了伤疤忘了痛，启民憋足了一口气，不想被后面的司机超上来，还骂自己。启民做好了冲刺的准备，也就有了开头的那一幕。

终于，前方是一段直路，路边停靠的车也告一段落。启民长长地松了一口气，双手握紧方向盘，眼睛望向前方，前方的路没入数百米开外的弯道之中。前方都没有车辆过来。后面"火车队"早等得不耐烦的车直接把车开在对面的车道上，一辆接一辆地飞驰而过。启民也把车往左侧偏，只等超过路边停靠的最后一辆车，就加速。

五米，三米，一米，冲！

"鸭子！小心！"这次声音来自启民。一群鸭子从路边停靠的车头前钻了出来，竟然毫无征兆！

"嘀嘀嘀——"启民用力地，紧紧地摁着喇叭，用力地把刚刚提速的车，狠狠地停了下来。

"吱——"车停了下来，没有鸭子的叫声。鸭子全部退回路边去了。启民和媳妇身子身前倾着，额头撞着驾驶台，所幸力度并不大。

"呼——"这次的声音来自后方，启民已经刹停的车，猛地向前冲了一下，熄火停了下来。

被追尾了。

是那辆一直跟在启民后方的车，车头已经裂开了丑陋的大嘴。当然，功劳也不小，把启民的车屁股给咬了一大块掉下来——车尾保险杠掉落。

"你怎么急刹？！"后车司机气冲冲地质问启民。

"我也不想，就是让鸭子……"启民把手一摊，无辜地说。

司机打断启民的话，一张脸急得通红，大声地说："让鸭子，让鸭子！一只鸭子值多少钱？你看，现在要多花多少钱？还有耽误的时间……"

启民才想起，自己这趟要赶回去谈合作的项目，看来，是赶不上了。

"你说，这鸭子倒是该不该让呢？"启民木木地问媳妇。

媳妇说："慢，再慢，或许，从头到尾什么事都没有。不是吗？"

多久洗一次澡

　　总算把车给洗完了！刘刚抬起头，用右手背擦了一把额头上的汗水，又弯着手背，轻轻地敲了敲后腰。

　　时间过得真快！刚才还微微泛着白的天空，已经被路灯的光芒架空。刘刚把手在桶中洗了洗，往花坛里倒掉了水。

　　把桶放进车的后备箱时，刘刚就着灯光，发现皮鞋上，溅了一些泥浆。刘刚用力地跺了跺脚，地上有了些大块的泥疙瘩。

　　刘刚看了看广场外的人来人往，向前走去。故事，就是从此刻开始的。

　　穿过广场，就进入步行街。刘刚的眼睛左右寻找着，没有放过一间亮着灯光的门市。刘刚记不清楚，自己是第几次路过这里，反正不太熟，也不太陌生。近几个月以来，还是有过几次匆匆地路过，但从没有像今天这样观察两边的店面。

　　刘刚很快就滤出一处地儿来。刘刚仰着头，审视起来。"靓点"，在二楼，那妖娆的女郎，正伸出白玉般的手腕，摆弄着那丰富多彩的头发。窗花纸的背后，当然还有更多的秘密的。刘刚摇了摇头，那是不能去的。至少，目前不太适合自己去享受。

　　9元，15元，21元。柱子上醒目的招牌，显示着价格，很吸引人的，但刘刚只是看一眼，就一瞥而过。刘刚还苦笑了一下：这就是个噱头！

上次，该是一年前了吧，那次去，这家叫"靓点"的店铺，正是开张的时候。据说有优惠，刘刚去了，准备享受优惠。结果呢，用了数倍的价钱，办了一张所谓的VIP卡。再然后，自己去过几次，或者是下班时间，或者是技师不在，或者是机器故障，被拒之门外。

为什么非要选择"发现"呢？刘刚把这排能选择的都过滤掉了。

穿过大厦，刘刚走进一个较为偏僻的小胡同。昏暗的灯光，映照在或开或关的门店，零星的路人，仍然穿梭在并不太平整的街道上。

不知什么地方吹来的风，把刘刚额头前那刚刚成一小股的头发，拂到眼皮上。刘刚甩甩头，用手把头发用力地向后捋。

嘘，别盖过历史的声音

启民蹙了三次眉头，从门口到迈进去的半个小时里。

三年前的第一次惊艳听闻，到一年前的无意间路过发现，再到今天的专程前往，萌芽都长成了硕果。

然而，启民还没有迈进门，微微蹙起的眉头就浮现在他的额上。

启民左右张望，零散的树木间，只有高高低低的几处小楼房交错其中。而这些林木与房屋之后，是灰色的石崖。要不是举目上望，那纵横交错的立交桥就飞越在头顶，怎么也无法让人相信，这里是大都市。

幸好，这里与其他地方类似的，有接待大厅。"虽不富丽堂皇，倒也宽敞。"启民心里对自己说。

迈进门口，在大厅里，启民随意看了看，吸引他的，还是墙上的字。晃眼一看，是黑体字，仔细一看，并非如此。这不是印刷体，用心掂量，有几个字的运笔及结构还是有明显的瑕疵。再看标题，"馆主自白"。馆主？馆长？启民的眉头间又有了褶皱。幸好，自白的语言简洁，启民微微点头。启民还记住了最后一句：让历史告诉未来。启民念叨着这句话，向馆里走去。

馆是建在防空洞中，"这才真正是别有洞天。"启民心中感慨。刚才还捉襟见肘的空间，此刻分时间、分类别地陈列着各种实物，还有图片介绍。

来参观的人不多，启民凝神参观那花花绿绿的有着"市斤"字样的票据，突然脚上传来一阵痛，抬眼一看，是个小男孩，与另一个孩子在人群中穿梭打闹，踩到启民。只一转眼间，小男孩又隐身在另一个成人背后，只有响彻洞顶的声音传来："来啊，来追我！嘻嘻——"

男孩的声音把启民从逝去的年代拉了回来。

"你们真幸福！"启民看着在追逐嬉戏的孩子，心里说道。

"可以请你们小声一点儿吗？请家长支持一下。谢谢配合。"有工作人员出面干涉。

防空洞里除了有几个家长呵斥的声音外，只有参观者行走的脚步声。

在一个陈列柜里，启民停了下来。柜里是一把锈迹斑斑的长刀。刀柄是简朴的，还用旧布条绑缠在上面。刀刃上，赫然有一些缺口。大刀向鬼子砍去。启民的心一边在唱着，一边浮现着那幅悲壮的画面。

"妈妈，我要——妈妈，我要——"声音很尖锐，还带着哭腔。这个声音拉回了启民的心神。是个小男孩，正是刚才追打的小男孩。小男孩指着陈列柜里，那把银光闪闪的刀。启民一眼就看出，那把弧形的刀，不是国产，是倭寇用的刀。当年，多少先烈惨死在屠刀之下。

启民看着小男孩的时候，他发现来参观的人目光都聚集在小男孩身上。小男孩的妈妈一把拉住孩子，一边用手捂住小男孩的嘴，轻轻地说："别闹，等会儿我们出去就给你买一把一模一样的。"

小男孩挣扎着，妈妈拉着他飞快地离开。启民目送着母子俩的离开，忽然就没有了参观的兴致。

已是午饭时间。启民决定先解决肚子的问题。是工作餐。或许是刚才在参观时，那些历史的票据勾起的回忆，启民吃得满嘴香。

"来，再吃一口，就一口！"声音来自邻桌。正是刚才的母子。小男孩面前的饭，几乎是没有动过。他扭动着身子，手里挥动亮闪闪的刀，正是刚才陈列馆里展出的那种。只不过，他这把是塑料的。小男孩的妈妈正捧着勺子，轻轻地递向男孩。小男孩一转头，把手中的刀举得高高的，大叫着："我砍了你！我砍了你！"

"好！你吃了饭，才有力气砍我啊！来，吃一口。"弓着身子的母亲小心翼翼地讨好着。

"啪——"小男孩举起手里的"刀"砍向勺子，又砍向盛满饭菜的碗，勺子和碗摔在地上。

小男孩肆无忌惮地挥舞着手里的"大刀"，跳起来，在边上喊叫起来。

小男孩的妈妈哭丧着脸，无可奈何。

启民看着这一幕，一股刺痛从心底升起。

下午再参观时，启民见到了馆主。启民有满腔的疑问想要和馆主交流。

正当启民走过去，还没有开口时，馆主伸出右手，竖起食指，放在嘟着的嘴边。左手却指向展示柜。柜上，摆放着一块牌子，上面写着：嘘，别盖过历史的声音。

瞬间，热流在启民的心中澎湃，欲要从他的眼眶中喷薄而出。

穿过雨的忧伤

一切都是必然的。

就如一切都是偶然的一般。

启民走进石笋山,就遇到下雨天。

这一地区都在下雨,石笋山下雨也是必然。

启民选择今天进石笋山,却是偶然的。

偶然进山的启民,遇见石笋山偶然的雨,就有了偶然的相遇。

启民最近工作不顺利,无意间读到一位叫邓玉霞的作家写的文章《云雾坪的早晨》而心动,便想去散散心,说走就走,一个人驱车导航到了石笋山。

石笋山雾气很浓,烟雨迷蒙。

雨一直下,没能挡住启民举伞穿行的脚步。

其实,最先吸引启民的,是一阵歌声。嘹亮,清脆,回荡在雾气之中。当然,最让启民好奇的是,这歌声五音不全。启民想找到歌声的主人。

走过两幢房子,并没有找到声源。但歌声一直回荡在上空。启民一边在草丛中找音响设备,一边向前方雾气中的宽大影子走去。

启民继续向下方的雾气中行走,才发现林间道路上,不乏与自己想法相同的游客。

哎呀——

声音出自前方一个正东张西望的小男孩,大约四五岁。他手中的伞不小心滑落,掉下,又滑进了小水池中。

与小男孩同行的是四十岁左右的中年男子。他示意男孩站在路边不动,自己歪歪扭扭地顺着路面,走近池边,准备用手中的伞去勾回掉在水里的伞。

小雨密密地下,启民看着小男孩光着的头上有了许多小珍珠,三步并作两步,走上去,将细雨阻挡小男孩之外。

正望着中年男子的小男孩,转过身,抬头望着启民,眼睛眨巴眨巴着,萌声萌气地说:"谢谢哥哥。"

"你叫我哥哥?"启民笑嘻嘻地问小男孩。

"那叫你什么?"小男孩歪着脑袋问。

这时,又一个声音传来:"谢谢兄弟"。这时说话的,是拾回雨伞的中年男子。

"爸爸——"小男孩欢快地叫着,扑向他爸爸的怀中。父子俩手挽手,向前方走去。上空正传来一句,"在你需要我的时候,让我为你唱首歌,我的好兄弟——"

启民摸着脑袋,笑了,哥哥,兄弟?

"那我到底是谁?"启民小声地问。

"扑哧——"轻轻柔柔的声音从启民身后滑向身前。他就见到一袭红影,是个长发的女孩。

启民心头忽地一热,脱口喊道:"雾儿——"

然后就哽了半截在喉咙中。

红衣女孩转过身来,温婉的笑容漾在脸上。

启民白皙的脸上,泛起一抹淡淡的红晕:"我——我——"

红衣女孩抿嘴一笑,轻盈地飞入雨雾中。

启民放弃寻找声音,他有了新目标。只是,他静静地保持着在目标身后距离。这位女孩当然不是启民心中的雾儿,却是那么相似。

"雾儿。"启民小声地叫了出来，声音只有自己能听见。忽然，启民就觉得心中一阵软，轻轻地靠在池边的栏杆上。他这才发现，这个水池，叫云雾泉。看着云雾泉，启民有些发呆。

云雾泉边，发呆的启民跟丢了目标，怪只怪云雾泉边的景物醉了他。

让启民迷醉的是云雾泉边那垂坐的老者。启民走过去，在老者身边静立片刻，老者一动不动，启民也一动不动。

也不知一动不动了多久，先动的是启民，原来老者是石像。

启民默默地转过来，又是一愣。

石像下，一簇不知名的花绽放着，蓝色着蓝，粉红着红。细雨让花朵更加娇艳欲滴，竟然有两只蝴蝶在雨中起舞。

"雨水会淋湿你的翅膀吗？"

蝴蝶没有理会启民心底的呐喊，依旧追逐嬉戏在花丛间。

看着，看着，启民抬手抹了一下眼睛，或许，是雨水沾湿了他的眼睛。

他又有了发现，除了蝴蝶，还有一只蜜蜂。

再细看，却不是蜜蜂，个头比蜜蜂大，行动更加敏捷。但分明又不是马蜂。这只战斗机一样的蜂，在启民走近它时，一下从花朵上起飞，绕了一圈，又飞回花丛中。

蜂保持着与蝴蝶的距离。

不离又不弃。

启民心里一阵疼痛。

他这才想起，自己跟随的"雾儿"，什么时候已消逝在雾中。

而这时，他找到了自己最初想要寻找的声源——一个工作人员，正在调试不远处游乐场的音响。这位工作人员，一边调试，一边尽情地放歌。

一股唱歌的欲望从启民心底升起，只是想要暖暖地，深深地为谁唱响。

抬起头来,远处,缥缈隐约中,影影绰绰。雨已经比先前小了许多,雨雾也在渐渐减少。

明天,云雾会散去,明天,会再来石笋山。

启民规划好了第二天的行程。

一把铁锤

　　黄所长接到第三个举报电话的时候,立即亲自带人来到现场。
　　自上周所长调离后,黄所长暂时代理所长。这不,事情就来了。三个举报电话都是说了同一件事:一个背着帆布包的男子,在店门口,鬼鬼祟祟的。
　　那个安安静静坐在店家门口,却在东张西望的男子,安静地被带进派出所。帆布包里,搜出一把铁锤,和铁锤一起的,还有一封信。
　　黄所长看完信,立即就恭恭敬敬地把这名带着铁锤的男子奉为上座。
　　男子叫启民,是新上任的所长。
　　原来,启民是从吴市镇派出所调到这个号称"旱码头"的小镇任所长。虽然是平调,可局长却单独对启民谈话。
　　"我希望,你到任后,那里会有显著的变化。"这是局长对启民谈话内容里的最后一句话。
　　启民收拾东西时,特意拎上了这把铁锤。
　　这把铁锤,曾为百姓敲打过凸起的钉子;曾为司机震松过货厢的门锈;曾在学校停电时,敲响过钟声;也震慑过那些即将伸出去做违法乱纪的事的手。
　　铁锤是启民的招牌。吴市镇的百姓戏谑地称启民为"铁锤所长"。

启民接到调任的通知和局长的谈话，就决心做一个暗访。

暗访是有结果的。

结果就是出现了开头的一幕。

上任后的启民没有责备任何人，却也没有什么新的举措，更多的时候，人们见到启民背着他的帆布包，穿行在"旱码头"的街道里。

这里叫"旱码头"是有原因的。这里是三省的交会处，曾是商贩集结的地方。由于镇上没有河流经过，吃水就靠引流，"旱码头"也由此而来。

启民上任一周后的一天上午，他召集刑侦的几名警员开会，只说有任务，让大家与他一起出警。几名警员跟在启民的身后，最显眼的就是那背在启民身后的帆布包。

洗得有些发白的布包，在阳光下，不仅没有生气，而且显得有些茫然，正如跟在他身后的几名随行的警员的心情。

本来穿的是警服，这新所长却让换成了便装；明明有警车，这新所长却选择了步行；原本是赶集天，新所长却让大家尽量少与路过的熟人交谈。

大家很快发现，启民带着大家去的方向是那几家曾向派出所报警的门店，启民上任后就再没有来过。

这里是镇中心场地。中间的广场上，摆满了各类摊点。而围绕广场的建筑的门市，也是人来人往，当然，生意最好的，要数那几间茶馆。在小镇上茶馆里的人，不是来喝茶，而是来打麻将。这里的几家茶馆，早已人满为患。

跟随在启民身后的警员有些吃惊。

正在几个警员感到惊诧的时候，启民已经快速地绕到一间门店背后，飞快而无声地爬上十三级台阶。

一扇落地玻璃门挡住了入口，玻璃门里面，还有一把长长的锁，横在门上。里面，有人影晃动，还有一些杂乱的声音。在几个警员出现在门口的时候，恰好里面也有人出来。里面出来的人先看了一眼启民，又看了一眼启民身后的几个人，脸色瞬间就变了，转身就向后退。

这时，警员大喊："把门打开！"

里面的人一下子躲进屋子里。

几个警员发出声音的同时，启民一个甩身，挎在身后的帆布包一下转到前面，手上就多了一把铁锤。

"咔嚓"一声，玻璃门已经被敲碎，掉落下来。没有思量，启民已经从破碎的门洞里钻了进去。几个警员也立即跟了进去。里屋中的几个正准备跳窗的被逮了个正着。

桌面上，散乱的牌撒落一地，还有没有来得及收起的一摞摞的红色的钞票。

聚众赌博的几个人刚被警员们管控起来，又是"哐"的一声，一把铁锤落在地上，"啪"的一声，木柄断了，地面上，还有一摊血迹。启民也一下子坐在地上，血正从启民的右手腕上汩汩冒出。

启民住进了医院，右手腕的动脉被琉璃割破，失血很多。幸好救治及时，并没有危及生命。

不久，广场上多了一座文化石，文化石上，立着一把铁锤。

广场四周，多了几家做服装和小吃的门市。

井水有毒

虽是春天，金色的阳光从中午一直普照，就没有停歇过，有些灼热。这样的感受，是启民心底里没有说出来的。启民用手背擦了一把额头上的汗水，左右看了看。

启民有些后悔，并不是后悔来到这里，而是后悔，刚才没有在路边的小商店里买瓶水。

这陡峭的七千步石梯，是一下一下凿出来的。当初修这条路的人，是功德无量的。而今，走在这条路上的人，除了心怀敬意，更是得承受艰辛。因为，上七千级石梯，没有邻舍，没有回路，只有树林和鸟鸣。这一上一下，来回就是三个多小时。而这段路之间，就只有山脚下不远处，有一木屋，木屋里，摆放着一些瓜子之类的商品，但并不多，临时制作的简易货柜上，那些商品就显得有些落寞。

在小木屋门口休息时的启民，当时并没有感到特别口渴，或许是被那几瓶有些落寞的矿泉水给震慑了。

然而，下午剧烈的阳光，透过大山间隙射在背上与脸上，皮肤就如渗着水珠的晨叶。启民口渴的感觉强烈起来。

而此时，出山的小路上，没有人家，小路却还在延续。

救命的稻草出现了。路边，有一口井。

有井，并不是井修得有多气派，而是井边有一个平台，平台的边上，还有一块巨石，巨石上写有"井"的字样。

启民奔了过去，走近一看，才发现巨石上写着的，不是一个字，而是四个字："井水有毒"。最奇怪的是，这些字是被放大了若干倍后，再拓印在这石头上的。歪歪斜斜的笔画，没有一点儿规矩与章法，这样的字迹，要么就是出自大书法家的返璞归真，要么就是一个没有什么文化的人的杰作。

启民看看井，挖得并不是太深，水是从山林中沿着石壁落下来的。石壁上，已经有了比较深的青苔。石壁上方，就是密密的树丛，再看不到前方的水源。这样清澈的水，竟然会有毒。启民叹了一口气，再转头看巨石，又发现，文字下方，还有时间："一九八八年"。

因为有些热，启民走近井边，立即感受到一丝清凉。也就在启民享受凉爽的时候，启民发现，巨石靠近水井一侧，还有一些红色的文字，整齐而秀美地分布着。

启民凑上去，一读，才知道，原来，这口井有个故事。讲的是叫江的男子与妻子隐居山中时，最初没有水源。江循着山间的这小股水流，凿了这口井，蓄好水后，江为了妻子饮用安全，就自己先尝了一口。没有想到，这水太透凉，而干完活的江，急急地喝下凉水，当即引起胃疼。疼痛难忍的江，以为井水有毒，害怕妻子赶来，也饮用中毒，就忍痛用石块在旁边的一块石头上，写下了四个字，井水有毒。事情的结果是，等妻子赶来时，已经拉了几次肚子的江，疼痛减缓，最终江也没有什么大碍。但江对妻子的那份情意，让妻子感动不已。而后人也把印记着江与妻子的感情的这口水井，记录下来，于是刻在石头上。

读完了故事，启民长长地舒了一口气，原来井水并没有毒，真是吓了一大跳。

水井里的水的确凉爽，看完故事，启民已经没有先前那般热。启民也发现，水井的边沿，还有一把木瓢。

启民拾起木瓢，舀起半瓢水，咕咚咕咚地喝了下去，一股透心凉，

233

从口中传到胃里,凉意一下子传遍全身。

解了渴,启民浑身的力量仿佛又瞬间恢复。整理行囊,启民踏上了返回的路程。

走在路上,启民想起那七千级阶梯爱情故事,感慨不已;又想起井水有毒的故事,脸上泛起了笑容,笑过之后,不禁一惊,又一愣!

启民一下站住,往后瞧,那块写着井水毒的巨石,在金色的阳光下,在山林间,还隐隐可见,那石头上的字,在阳光下,一笔一画地,像长了翅膀一般,飞入了启民的眼睛。

启民的眼眶湿润起来。

喂养在办公室里的鱼

这是一个与爱情有关的养鱼的故事。

一走进办公室,美凤就尖叫起来。

启民的办公桌上,新摆放了一个鱼缸,最关键的,是鱼缸里有几条漂亮的小鱼。

当美凤随着刺耳的声音,风一样地冲向鱼缸时。启民伸出手,让美凤与鱼缸保持距离,在一尺左右。

"你喂养的么?"美凤一脸喜气地问,眼睛却盯着那一条条活泼可爱的小鱼。小鱼儿真的小,最长的一条,不过两个大拇指甲的长度。但这些小鱼的身躯上,除了有金黄与橙红色,还有银光闪闪的小尾巴。

"我在网上买的,今天刚到,"启民笑着对美凤说,"你知道吗?这些斑马鱼,在路上整整奔波了八天!十一条居然没有一条死去。刚才我收到快递,打开一看,每条都是鲜活的。"

启民的话,让美凤对这些小鱼刮目相看。

接下来的几天,美凤没事时,总会凑到鱼缸前欣赏欣赏这几条斑马鱼,也饶有趣味地看着启民给小鱼们换水。偶尔,她会问一句,"它们会不会越养越少啊?"

启民很肯定地回答,"不会,我绝不会让它们死去。"

办公室里有了鱼缸,人气似乎也增加了,其他同事串门时,也会多瞧鱼缸里的小鱼儿几眼。

可是事情发生得有些然。

起因也有些突兀。

是由一只螃蟹引起的。

螃蟹从哪里来的，已经不重要。重要的是在启民喂小鱼的第五天上午，美凤手里捏着一只螃蟹走进办公室，脸上开满了灿烂的花儿。

"看，我给你的小鱼儿找了一个伴儿！"美凤对正要走出办公室的启民说，并扬起手中的螃蟹，走向鱼缸。

就在美凤要把螃蟹放入鱼缸里时，一双手捂住了鱼缸的入水口。

是启民的手。

"不行，它会吃了小鱼的！"启民望着美凤，坚定地对美凤说。

"放进去嘛，好不好？它们会和睦相处的，螃蟹会成为小鱼儿的新伙伴。"美凤拿着螃蟹四处找缝隙，却没能如愿。

"它真的会伤害小鱼的！"启民一边紧紧捂住鱼缸的口，一边望着美凤，语气不再那么顽强。

"我就要放！"美凤一边说，一边用另一只手去按在启民的手上，并成功地掰起启民的一个手指。

启民终究没能按住鱼缸。

看了美凤一眼，启民松开了手，轻轻地摇了摇头，小声地说："好吧！"

走出办公室时，启民又回头看了一眼。美凤把螃蟹放入鱼缸，正伏在鱼缸上乐呵呵的。

半小时后，启民回到办公室，直接走向鱼缸。

看了一眼鱼缸，启民的睫毛闪动了一下，又闪动一下。启民右手捂住了胸口，嘴巴张了张，没有说出话来。

"怎么啦？"美凤的声音传来。和美凤声音一起到来的，还有美凤的脑袋。"咦？真的咬死了呀？"

美凤伸手一把抓起螃蟹，左右看了看，找到一个小纸杯，把螃蟹放进纸杯里，又倒入一些水，放在鱼缸旁边。

鱼缸里的小鱼，有几条已经翻转了身子。

启民并未说什么，只是忙着手上的事情。

过了好一阵，启民收拾好桌上的文件，才从桌上拿起一个小杯子，开始从鱼缸里捞起翻白的小鱼儿。

在启民舀起第三条准备倒入垃圾桶里时，美凤说："给我留一条死鱼，我要用来喂我的螃蟹，看它吃不吃。"

启民把一条小鱼倒入纸杯里。

第二天，纸杯里只有螃蟹，没有了小鱼儿的尸体。

纸杯旁，鱼缸里还剩下五条斑马鱼儿在水里游来游去。

不久，大家发现，一直对美凤发起猛烈追求的启民，消失了热情。原本大家都觉得挺般配的一对未婚青年，归于平静。

逃

摆在桌面上的，全是大小不一，高高低低，装着各种颜色的药丸，整日面对的除了白色的人，就是白色墙体，还有各种仪器。还有，那一张张笑脸背后的无奈与哀伤。耿林不敢再往下想。

耿林关上院子里的门，夕阳的余晖透过缝隙，灼得他手上一疼。忽地一声霹雳，耿林捂紧怀中的口袋，猛地一颤，来不及把门上的锁拧好，就向外奔去。

三步并作两步地跨过石级，是一丛竹林。冲进竹林的耿林，听到一阵尖锐的声音从院子里传出。竹林窜出的竹枝，抽打了耿林的胳膊一下。耿林早已顾及不上，绕过转角处的竹林，是曲曲折折的田埂。身后，各种叫喊声此起彼伏。

耿林只能做一件事情，那就是跑。如果被抓到，后果将是什么？耿林捂紧口袋，拼命地跑。

眼前两条路，左边是近路，右边绕道走丛林。近路是直接翻越小山，翻过小山，是小溪，沿着溪水逆流而上，就能到达镇集上。但这条路是不能行走的。耿林告诫自己。他们一定会在前面的路上设伏，或者就在山头上，或者就在山的那边的半山腰。

耿林选择了向右边的丛林。耿林穿进丛林，低头向前冲。这段路，耿林还是比较熟悉的，曾经走过。

身后响起大声的叫喊，耿林在喊声中，把步伐提到了最高频率。路本就不是路，在坡与坎之间不停地变换。

一直埋头奔向前方的耿林，忽然觉着脚下一轻，抬起头来时，眼前已经很空旷，而自己的身体不是向上，是飘向下方。这里，该是一处洼地，耿林是知道的，以前都是小心翼翼地沿着边缘绕行。

不容得耿林再去想，"呼呼"的风声，一直在他的耳畔。等耿林掉落地面时，他在地上翻了一个滚儿，耿林摇摇晃晃地站了起来，竟然没有受伤。没有庆幸，耿林已经感觉到追踪自己的那些人，正在山头集结，向着这片丛林围堵过来。山洼里还是一片土地，红褐色的泥土，表明这里的土地被翻过不久。左右望去的时候，就看见了一个人，一个正挥动着锄头在地里忙碌的人。那个人也发现了耿林，与耿林一样，没有惊讶的表情。

耿林正准备向山洼的出口去的时候，外面又传来了零星的声响。

耿林望望外面，又看了看锄地的人，最后，向这个似曾相识，而又记不清名字的人走去。

锄地的人正在洼地的一个斜坡上劳作。斜坡是紧靠山坡的。耿林绕到锄地的人身后，那里是一条长约二十米的沟壑，沟壑底部，阳光再也进不去，黑乎乎的一团里，还显得有些阴森。

耿林直接地冲了下去。在耿林到最角落里伏下时，头上就迎来了铺天盖地的泥疙瘩。耿林还没有来得及出声音，就只剩下两个眼睛转动。这时，那用泥土掩埋他的人，扔下了锄头，急急地跑了下来，蹲在耿林伏身的地方。

白花花的一团压下来，一种气味熏得耿林闭上眼睛。

随即而来的声音是从这个沟壑的上方传来，"你刚才看见有个人跑进来没有？"随着声音一起来的，还有一束束光亮，像刀子一样，从身上蹲着的人的两胯之间扫过，晃过了耿林的眼睛。

"没有，没有看见什么人进来。"身上蹲着的人，有些费力地说，还挪动了一下身子。上面的光束又来回地扫射了几遍,特别在这蹲着的人身上身下停留了几下。

声音终于慢慢远去。耿林身上蹲着的人慢腾腾地站了起来,走上去,扛着锄头,走了出去,竟然没有回头看过耿林一眼。

耿林又确认了一下,外面很安静,站起来,拍拍身上的泥土,走出沟壑。暮色已经如淡墨一般浸染了天空,山洼里光线不再明亮。耿林摸了摸怀里的东西还在,向山洼之外冲去。

耿林奔出丛林,穿过山路,进入街市。街道上灯火辉煌,人来人往,没有人注意到他。形形色色的人群,脸上神情依旧,嬉笑的、严肃的、沉迷的,都与耿林无关。

耿林摸着胸口,想要喘一口气,就摸到了口袋里的那样东西。

耿林就蒙了,之前发生的一切,就变得浑浑噩噩起来。

那些让自己拼命逃窜的人,还有那山洼地里扛锄头的人,面孔如快进的照片一样闪过,重叠,又模糊,又变幻。

耿林觉脑袋在晕眩,四周的建筑也在旋转。耿林倒了下去。早上,耿林在他离家不足一百米的街道上倒了下去,从他口袋里飞出一张有"肿瘤"字样的诊断书,那是他昨天从医院拿回来的,还没有告诉家人。

红色罚单

启民一下子收到三张罚单。

身为辖区交通执法队队长的启民,看着罚单就傻眼了。

罚单是什么时候寄来的,启民不清楚。他回到家,把还剩下一半单据的存根扔在桌子上,往沙发上一躺。

启民张开的右手,搁在沙发扶手上。这时,一股不知从哪个缝隙里传来的风,拂动他手中拿着一封信,他才想起是从门缝里塞进的。启民开门后,拾起来拿在手中。

落款是"县整治办",红色的字样。

撕开信封,红色的单据掉了出来,共有三张!

启民拿起一份单据,看着处理日期,怎么也想不起自己在那个时候,怎么就违了法。拿起另一张,启民放下,再看最后一张,依旧没有印象。

按照自己开罚单的规定,这些是要讲证据的。启民决定明天去查看一下。

当启民请了假,来到县整治办时,他发现,这个才设立不久的办公室,居然聚集了不少的人。

当然,几乎都是来办事的人,准确地说,是来处理罚单的人。

启民在人群里发现了几张熟悉的面孔,但启民没有好意思打招呼,真不知道，该如何开口，虽然，只是一句客套话。显然，那些认识耿队长的人，也没有主动问候。

来的人多，这样的天气，屋子里就有了闷闷的热气。有了热气，人的心情就有些躁动。

当轮到启民的时候，启民心中的不耐之火，快要把他燃烧，不过，他不敢。

递上三张罚单，工作人员用一种带有歧视的眼光看了一眼启民，启民觉着脸上火辣辣的。

工作人员很快就根据三张单子，回执给启民三张图片。

这是证据。同为执法人员的启民知道，这记录着罚单背后的故事。

启民看着处罚单子上的时间地点：八月十六日中午十二点十三分，津兴大酒店。对照拿起第一份图像资料，看着图像上身边的人，启民一下子就回想起来，这个事实存在。那天，是县里某部门就职的朋友孩子百日宴。说是朋友，只不是过是在酒桌上有过几次喝酒经历。那个朋友对启民说，他儿子满一百天，希望朋友捧个场。正在按揭还房的启民有些懊恼，但同在一个政府里上班，低头不见抬头见。而事后，启民才知道，这个所谓的朋友是三婚，还是四婚了，女方却是初嫁。听说，那个朋友的大儿子都到了谈婚论嫁的年纪。

启民签了字，正要交罚款，工作人员告知，按照规定，罚款与当初的礼金金额一致。启民心里一凉，又一惊。凉的是，他记得当时礼金就是工资的三分之一，如果再交上罚金，这个月还按揭的款都得借了。启民惊的是，工作人员是怎样取证的，不过，回头想想，其实也不难。

第二张图片，是启民参加某亲戚的五十酒宴，有图有真相。这个亲戚，启民想到了许多和他一样的人，十年来一直是参与别人的酒席，终于抓住机会，可以回收这些年的付出。启民想笑，但表情比哭还难看。

至于第三张图片，启民就疑惑了。图片上的事情是真实的，是自己宴请别人，但那个别人，不是其他的，而是自己在农村的父亲。那天，一直生活在农村的父亲进城来，和父亲一同进城的父亲，还带了几个他在农村的乡亲。是父亲带着那几个从没有进过城的乡亲，来城里看病，他们到城里不识路。启民接待了他们，就请他们在酒店里吃的饭，依稀记得那天酒店生意不错，人满为患。

启民把事情的经过填写后，给工作人员。工作人员说，我们会核查事实后，再通知你的。

处理完三张单子，启民松了一口气。

大厅里人来人往，热浪在浮动。

走出大厅，启民回过头看了一下大厅挂的牌子，"区移风易俗整治办公室"字样，红色而突出。

大厅外是滨江路，两旁的路干净整洁，车辆停放得整齐有序。启民拉了拉衣角，想起前几个月，从自己手上撕出去的罚单，该是现在的多少倍？而那时的秩序，又是怎样的情况呢？

启民想起自己开出的绿色罚单，绿色在蔓延。他又想到自己手里的红色罚单，红色在渲染。

丢失的月亮

　　默默全身抖了下,坐了起来。按了一下手机,显示是凌晨一点多了。默默望向窗外。

　　窗外,泻下的一片银白色的光亮,温柔地撒一缕轻纱。

　　而且,还静,静无一物。不,不是静,还有声音,是一种有节奏的声音,声音来自另一侧。

　　默默想起刚才梦中的情景,翻身下床。床头上的手机,"啪"的一声,掉在地上,格外响亮。

　　随着这声音的响起,大全也醒了过来。醒过来的大全,除了听见这声音以外,也听见了那有节奏的声音,不过,大全听来,这是在锯钢管的声音。

　　大全向默默示意时,那声音戛然而止了。

　　两人互相地望了一眼,眼神交汇后,悄悄地起了身,不再发出丁点儿的声音来。

　　蹑手蹑脚地摸到卧室门口,两人都停驻下来。

　　果然,那声音再次响起,如果不是刻意地去听,是听不出来的。

　　声音来自儿子的卧室方向。

　　默默手一抖,拉开卧室的门,一阵风似的,冲到儿子的房间门口。完成这几个动作,默默竟然没有发出一点响动来。

儿子的房间虚掩着门。显然,声音不是来自儿子的房间。儿子的房间静得出奇。

默默侧耳,头就偏在紧随其后的大全的肩膀上。

默默背心吓出一身冷汗:那锯钢管的声音,来自紧挨着儿子的房间的书房。

借着月光,大全拧起靠在一角的扫帚,紧紧地握在手中。

默默赶紧把儿子的房间门给合拢,门发出沉闷的声音。

紧接着,从书房里传来"呼"的一声,所有的声音都没有了。

大全把默默拉在身后,捏着扫帚,让扫帚长长的把柄,直直地刺向书房的门。

书房的门没有被锁上,掩着的一丝缝隙里,刚才还透着的光,一下子全没了。

大全用扫帚的把柄,一下子把门推开,又把扫帚缩了回来。大全瞪大眼睛,手心里全是汗渍。

里面没有动静。

大全把扫帚的把柄斜斜地向上,慢慢地向前,走了一步,没有动静,又向前走一步。默默也不知从哪里抓起一样东西,攥在手里,跟在大全的身后。

在往前进的过程中,大全已经把书房的右前方基本看清了。一进门,右手是开关,还有一个五层的书柜,放满了书。那里有大全和默默的书,更多的是,儿子从小学到高中一年级的书。

所以,那里是容不下人的。右侧是窗户,半开半合的窗帘,留了一尺的缝隙在中间,月光射进书房,地面上是浅浅的灰白色。窗户下,就是书桌,书桌上,摆放着电脑显示器。书桌下,黑乎乎的一团。还有一个小点的亮光。显然,书桌底下藏有人影!

有贼从窗户外面爬上了二楼,翻进了屋子里!大全觉得安全指数真是太低了!

来不及想这些，大全叫起来："出来！出来！"默默也从大全的身后站起来，与大全站成一排，扬起手中的东西，却是一本书，儿子放在客厅的课本。

"快点出来！我们报警啦！"默默壮着胆子，也叫起来，把书往身后一放，做势要拿出手机报警。

听到外面的吼声，桌子下面的黑影动了两下，慢慢地伸出脚来。大全一下子又把默默拉到身后，再用双手紧紧地握住扫帚，不停地晃动起来。

"别——别——报警"。发抖的声音从桌子下面传出来，人也慢慢地弯成一团。

听到声音，默默一下子冲了进去。"啪"，打开灯，穿着睡衣的儿子蜷成一团，背对着两人。

大全扔掉扫帚，走进去，摁了一下电脑，画面上是一些卡通的人物正在动来动去，还间插着一阵闪光，是挥舞着的大刀所发出的。

默默想起昨天傍晚，儿子的老师说的话，"你儿子这几天天天在课堂上瞌睡，提醒他要注意休息。"

大全伸出脚，用尽全身的力气，重重地踢向桌子下的电脑箱子。

"咚！"响声伴随一阵火花，整个屋子一下子全黑了下来。

屋里黑漆漆的。

窗外，也黑漆漆的。

不知什么时候，月亮已经不在天空中。

世界就这样一下子掉进黑漆桶。

放风筝的老人

耿林站起来，左右看了一下，又重重地把自己摔在简易沙发上。再想要拿起什么东西来，才发现根本就什么也没有。耿林叹了一口气，已经五天，过去三分之一了。

在屋里闷了两个小时，耿林决定到外面去逛逛。虽然，闲逛并不是他所爱好的事情，但此时，又有什么能排解呢？

广场上，男女老少的人都有。戴着红围巾的企鹅从天空中，摇摇摆摆地压下来时，耿林此时心中升起了澎湃，有一种被扼了喉咙的窒息感。

这只企鹅是手机和电脑上常伴的标志，此时以超过真人高度出现，初遇的人们，张大嘴，瞪圆眼，是正常的反应。

正常的反应，还包括，找到它的主人。

这不是难事。企鹅快坠落地面时，前方数米处，有一个人，手里拿着线圈，线圈与企鹅之间，有细细的，在阳光下闪着若有若无的白色的光。

这是一位老人，年近七旬。广场上，在暖阳下放风筝的人不少。少年和儿童在蓝天下追逐着梦想，三五岁的稚童在父母的荫护下，摇曳着快乐，还有那青春萌动的男女，牵着的，不仅是风筝，而是浓浓的爱。

老人立在其中，顿时有了新意。

有新意的，还有老人放风筝的装备。老人的装备与其他的轻装上阵的不同之处，在于老人背着的背包，虽然小巧，但明显可以看出，这不是旅行包，而是那种中学生背着上学用的书包。

背包底部隐隐透出些肿胀，这种肿胀，当然是来自背包里装着的物品。只是，在这样的天气里，在这样的环境里，在这样的时刻里，这个老人背着背包，就有了奇怪。这奇怪，并不妨碍老人怡然自得地享受放风筝的情致。

不过，突兀的背包还是淘气地勒开了老人外套西服的领子，露出了老人里面穿着的一件红色外套，就与那件显得有些空洞的黑西服对比起来。黑西服显得空洞，是因为这件衣服里的主体太弱小。两件不同规格的外套都裹在老人身上，让那张黝黑得只能见到眼仁转动的脸，显得异乎的小。

观察完了老人，还想不明白，耿林就走上前去。

老人正弯下腰去，检查他的企鹅风筝。老人把风筝提在手中时，耿林正好走到他的面前。

企鹅风筝的眼睛上，有了湿漉漉的眼泪！耿林还没有来得及惊讶，只见老人把风筝挪到左手上，右手从背包里掏出一张纸巾，再用纸巾轻轻地在企鹅的眼眶擦拭。

耿林这才看得清楚，企鹅不光是眼睛是湿漉漉的，整个画面都显得有些润湿。没有雨，也没有水，耿林觉得奇怪。

"我来帮你一把？"耿林找了一个很好的借口，接触到了这个奇怪的风筝。也正是这个机会，耿林才看清楚，这风筝，是塑料膜上印的画。只是这画好像还未干透？

"谢谢，不用。"在耿林疑惑中，老人把背包从肩上滑下来，放在地上，从背包里取出一支红色水笔来。

老人把背包背到胸前，用左手把风筝被铺在背包上。右手整理了一下风筝,风筝上企鹅的红围巾,有个地方没有红色,倒是把塑料膜的白底给显了出来。而其他没有掉的红色,也显得坑坑洼洼的,还有些地方,仍有水渍。

老人拿出水笔,在那掉了色的地方涂抹起来。虽然颜色上有些不统一,乍看,是看不出来的。

"这是您自己画的?"耿林没能吞回心中的疑惑,问了一句。

"是的,没事儿玩玩。"老人很随意地笑笑。

耿林心中升腾起一幅画面:一个老人,安静地坐着,用竹条搭起框架,再铺开一张大的塑料纸,在纸上挥毫。做的这些,就是为了完成这个风筝。

为自己做一个风筝?一个可以有这样闲心的老人,而且,还应该是一个来自农村进城来的老人?

耿林的疑团越来越大的时候,老人已经自顾自地放风筝去了,还是那么有条不紊,还是那么不疾不徐。

耿林想要再上前去找找话题,探个究竟,闹钟响起来了。

耿林心中一惊,该去接儿子了!

广场不远的地方,就是儿子所在地。门口早已聚集了不少的人,中年人居多,也有几个老年人。

看来,这些人和自己一样,也是陪读的吧?只不知是否和自己一样,也是租住的房子来陪读么?

"爷爷,您制作的风筝放起来啦?"一句开始变声的话语钻进了耿林的耳朵。耿林抬头一看,和自己儿子差不多年龄的瘦高的男孩,正拉着一个老人,那个老人,正是刚才在广场放风筝的老人。

耿林忽然间就想明白了。

"爸爸,你今天挺高兴的呢?"在回出租房的路上,儿子问耿林。

你余下补习的十天时间里,我有事可做了。耿林抬头望着正偏西的太阳,把余晖铺洒下来。体育广场上,缕缕轻风,正托捧着风筝飘扬而上。耿林看看儿子,金黄的阳光给儿子披上了一件金缕衣。

高三,都不容易。耿林暗叹,想起了那位老人。

你要到哪里去

就在耿林犹豫着要不要蹲下去的时候,雪花稀稀落落地从天而降,有那么一小束,不听指挥地钻进了没有捂紧的衣领口里,再一骨碌地向下滑,直到消失,当然,留下一股冷气在背心和身体之间。

耿林跺了跺脚,收紧了衣领,缩下身子躲在路旁边。四周空荡荡的,没有小山丘的阻挡,远处的山风就肆无忌惮地呼啸着而来。

选择这里,耿林也是无奈。不仅因为这段路平坦,而且,在这段路的边沿,只有这里有一个稍微显得宽敞的小平台。这样的地势,用队长的话来说,是最好的地方。

说到队长,耿林就脸有些发热。

前几天,耿林接到堂哥的电话,让他帮一个忙。耿林还在迟疑中,堂哥又开口了,你是我们村唯一读出来的大学生,这乡里乡亲的,都帮助过你。耿林没敢再推脱。耿林的爹在耿林的三妹刚出生不久,就因肝病去世。耿林的娘带着仨,一直是村里的特困户。耿林的大学,也是在叔父姊娘,还有乡亲们的资助下完成的。

作为感恩,耿林还是按照同事的方法,私自地处理,也就是在资料输入系统之前,将堂哥说的那份资料,取了出来。只是耿林没有想到的,这份资料,队长也有印象。队长问的时候,耿林啜嚅着承认了自己的作为。

251

队长把耿林叫到办公室，什么话都没有说，只是耿林一股脑地全倒了出来。然后，耿林主动请缨，就有了现在的这份差事。

原本，这样的天气，是可以待在办公室里的，或是在车上巡逻也行的。耿林嘘了一口气，站起身来，跺了跺有些僵冷的脚。淘气的雪花，又有一束，呼啦一下，钻进了他的颈窝中。耿林又蹲下去。

"喂，我问一下？"在应急车道上一辆车慢慢地开了过来，车窗打开，副驾驶座上的人在向耿林发问。

耿林连忙站起来，向车辆靠近，待车停下来，耿林向车里的人行了一个礼，问道："您好，请问有什么事？"

"你，在这里干什么！这是不是钓鱼执法？有你们这样做的吗？"车上的人扔火炮一样，把一串问题砸了出去。

耿林看了一眼自己面前摆着的仪器——雷达测速探测器，说："您好，我在这里测速。"

说完，耿林抬头来看车上的人，这一看，就看出了问题：问话的人手里举着手机，正对着耿林。

来人又发问："你们执法，在前面设了警示标示了吗？你这是不是钓鱼执法？大家快看啊！警察钓鱼执法啦！这些黑心的龟儿子！"

耿林冷静地说："前方的路牌上有警示标志……"

"我是问你，这流动测速，你们做了警示标志了吗？"发问者把手机对着耿林，又转向测速器，接着向来的路上拍摄，最后又转向耿林。

对着来人的手机，耿林心里打起了退堂鼓，前面，自己确实没有摆放标志。一片雪花在他的眼前晃过，落在睫毛上，耿林的眼睛有恍惚。好似又有雪花钻进了领口，耿林缩了一下颈子。耿林退了一步，用手拂去眼睛上的雪花后，转身低头，双手用力地搓着，不再看来人的手机。

来人大叫着："我要举报你们！我要把你们的这些行为发给大家看看！"说完，车慢慢地开走了。

正在耿林不知所措时，队长的电话来了，"马上收队回来！"

在队长办公室，耿林执法的过程，被一遍一遍地播放。队长黑着脸说："你看看，你那副怂样！这段路，在起点处，有醒目标志，全程限速。"

耿林小声地说："我当时发怵了……"

第二天一大早，耿林在队长指示的路段，拦下一辆车，经检测，是晚上过度饮酒，酒还没有完全消散，属酒驾！

在处理时，耿林发现，这位驾驶人有些熟悉，猛地想起，正是自己堂哥让帮忙处理的驾驶人，因为一天三次超速，被扣了十八分。当时，自己看到这种情况，还专门打了电话给堂哥，说不能徇私枉法，结果在堂哥的责骂声中挂断电话，硬着头皮私下处理了。

在办公室里，队长问驾驶员："你昨晚兴奋狂欢饮酒后，明知道酒还没有醒，这是要到哪里去？这是要知法犯法吗？"队长一边说，一边打开电视，电视里，播放的，正是昨天耿林执法过程的视频。

耿林在低下头的瞬间，发现驾驶员也低下头，再定睛一看，这位驾驶员，竟然是当时用手机拍摄自己执法的人！

耿林一下子站起来。

"你要到哪里去？"队长问耿林。

耿林脑子里一片空白。

小王干事

在沙坝村当干事的小王把尺子往手里藏了一长截,往地下弯腰的时候,不知名的小刺,透过衣服,钻进了他的身体里,偷偷地扎了一下他。小王没有心思理会,他得理会自己身后站着的人,提防他发现自己的小动作。而小王还得让自己前面站着的人,有意识地让他看清自己手上做的这些小动作。前面站着的人,眼睛紧紧地盯着小王的手。那目光,灼热而急切。

前面站的人,不停地换,而执尺的小王,却重复着这动作,一直干到日头西下,百姓的目光与阳光一起慢慢黯淡下去。

回到办公室的小王,看着一摞单据,只快速地扭动一下有些发胀的腰,就坐了下来。

"咚咚咚"一阵急促的敲门声响起,小王头也没有抬,大声地说:"进来——"

推门进来的是陈二娃。

小王随着开门的声音,抬起头,看着陈二娃,手里的笔还吻在纸上。今天丈量的土地里,也有陈二娃家的。小王记得很清楚。

"王干事,忙着呢!"陈二娃嚷嚷着。

"有什么事吗?"小王心里有数,但还是问了一句。

"王干事,今天这个占用土地赔偿,怎么也得给我算高一点吧?"

陈二娃直截了当地说。

"嗯?你这是什么意思呢?"小王放下手中的笔,望着陈二娃。

陈二娃走到小王面前,一抬屁股,就坐在了小王的桌子上。陈二娃晃晃脑袋,怪腔怪调地说:"反正,我就靠那几分地里的花椒树吃饭。就这样占用了我的,那我还吃什么呢?要不就别占我的地儿,绕道走呗?"

"上面有政策,都是按二十五元一棵的树苗赔偿的,我们根据实际情况,为大家特殊考虑,都是算的三十元一棵。这还都是村两委多次向上级部门反映才提高的。"小王耐心地解释道。

陈二娃摇摇手,又摇摇头说:"那些就不说了,我都知道。关键是我那块地情况特殊,更特殊的是我那花椒苗都已经拇指粗了,比其他的都要大一些呢!"

"也是,你那情况,三十元,还是四十元,需要向村委会讨论,明天我向村主任把你的要求打个报告上去。"小王用笔在纸上写下了几句话,又用笔在文字下方勾画了几条横线。

陈二娃拍了一下手,跳下桌子,说:"这还差不多。我就不打扰你了。"

小王立即给村主任打了电话,做了汇报。

没有想到,事情还是出在陈二娃身上。

丈量土地后的第三天,小王正领着挖掘机在施工时,在陈二娃的那块地上,陈二娃站在挖掘机前,阻止了施工。

陈二娃把两手抱在胸前,对小王翻着白眼说:"说好的是七十元一棵,怎么核算为四十,这事情只有黄了。"

"谁答应你的是七十元?"小王有些恼火地问。

陈二娃把左手摊开,右手一个手指在左手手心里点了又点,大声地说:"那天在你办公室里,你不是先说好的是三十元,然后又加四十元,三十加四十不是七十元么?"

而陈二娃这话一出,在场的人都惊呆了。

在场的百姓一听,这王干事背后竟然许诺陈二娃的价格和自己的价格差距这么大,原本对他的好感,就如暑天掉在地上一滴水一般,瞬间就消逝了。

而小王一听,也蒙了,自己什么时候说过这样的话?

小王一下子想起来了,厉声地问:"陈二娃,没有谁说过再加四十元的!你这是算的什么账?"

"你不是说三四十元吗?三十加四十,就是七十!不然,就把我叔给叫来!"陈二娃把头一仰,哼了一声说。

小王说:"那你就叫你叔来吧!"

当我不敢呢!陈二娃立即掏出手机,拨通一个号码,"喂,叔啊,我是陈二娃,我那被占的土地,赔算……哦,好吧!"

"你叔怎么说的啊?"小王盯着陈二娃,问。

"叔说,叔说,说……就按您之前说的办。"陈二娃支支吾吾地回答,却被四周围观的群众听得清清楚楚。

陈二娃的叔在当村主任呢。

陈二娃找他当村主任的叔都没成?

这下连陈二娃也闹不成了……

群众小声嘀咕着。

很快,挖掘机轰鸣的声音掩盖了群众的声音。

在挖掘机声音中,小王想起两天前给村主任打的电话,其实只有一句话:"主任,陈二娃的事,请您让我全权处理。"主任欣然同意。

一年后,村主任退休,退休的村主任向上级推荐了王干事为村主任候选人。

风往哪里吹

有人追星，有人追梦想，老张头追城管。

追星的人花了时间，费了精力，是一场笑话；追梦想的人绞尽脑汁，可能一事无成；老张头追城管的事，像一阵风，吹动了起来。

老张头住在河坝街的树人桥口。说是河坝街，别以为是什么真的河，也不是什么溪流。这个小镇上没有河流经过，只有一条街道上居民的生活用水的水沟从老街经过。老街在青石板路面，街上的房子，几乎是一色的木房子，几根木柱子或是石柱子支撑在水沟之上，这是典型的吊脚楼。枯水的时候，一股拳头大的水流，臭味就从街头窜到街尾。但是一到夏天暴雨时节，浑浊的水夹杂着白色的，绿色的，就漫到街道，有时还会窜进屋里。老街正在破败，新街就在老街的上方兴建。但老街还是传承了历史的，特别草编竹编之类的商品，还是在老街聚集。

虽然每隔几年就被淹，但老张头没有搬，这里是根。老张头从记事起，就住在这里，这里的每一块石板，都记得老张头的模样。老张头在桥口上摆了个摊，就是用竹编的簸箕，放在两张条凳上，铺上一张塑料布，就在上面摆放一些零星的小杂货，来来往往的人偶尔买点三五毛的小物品。

桥口处有一棵树，树旁有一块空着的路面，原来这里有一间临时搭建的厕所，现在已经拆除了，事情就是在这个位置发生的。正是上午，老张头坐在小摊前，低着头，忙活着手里的事，一条细细的谷草在他的手上麻利地翻飞着。偶尔，老张头抬起头来，看一看过往的行人。而这一瞧，就瞧出了问题。

一个男子，左看右看，见没有人注意到他，躲躲闪闪地，一下子就溜到那棵树，隐匿在树下，斜垂下来的枝叶，把他遮挡起来，只露出衣服的一角。

老张头盯着那露出的衣角，老张头轻轻地放下手里的草绳，随手把放在屋角的扫帚攥在手中。

"衣角"没有动作，但那里传来了一阵水声，一股细细的水流，从树干中间划着弧线，连接到水沟里。

"嘿！不许在那里撒尿！"老张头放下扫帚，冲着衣角大声呵斥。

水流闪动一下，慢慢地停了。那个男子从树下歪着脑袋，看了发出吼声的老张头，眼里透出鄙夷的目光，慢慢腾腾地走了出来，双手在腰间整理着。男子径直地朝老张头摇摇晃晃地走来，一边走着，一边把手向两边拨。走到老张头的小摊前，男子把嘴伸向老张头的脸，说，"我尿急，怎么，你管得着吗？"

一嘴的酒气直冲老张头的鼻孔，老张头用手捂住鼻子，大声地说："上面有公厕，多走几步不行吗？"

"这本是条臭水沟，我就尿了，怎么样？"男子伸手推了老张头一下，抬身，扭头，甩膀，嘴里哼着什么小调，向街中心走去。

也就在这时，从新街下来几个穿制服的人。老张头大喊："快来，把那个人抓住！"

穿制服的是镇里城管的巡逻队员。他们看了看坐在地上的老张头，又看了看那个走向老街的男子，男子转过身来，看了巡逻队员一眼，转身依旧不紧不慢地向前走去。

巡逻队员又转身看了看正站起来的老张头，朝老街的另一方向走去。

"唉！你们怎么不执法啊！"老张头大喊。

一个巡逻队员转过头，说："人家也没有犯什么法啊？你没什么事，就好好地摆你的摊子，别超过到街面上，别乱扔你的食品垃圾！"说完，他们倒是加快了步伐，向前方走去。

"你们怎么这样？那个人朝河沟里撒尿，怎么不制止？！"老张头离开摊子，朝着巡逻队员继续喊着，见他们越走越远，就向他们追去。

"你们回来！你们等着！"不知是老张头的年纪大了，还是老街的路面的不平整，或是只注意看巡逻队员去了，才跨出两步，"扑——通"老张头迎面摔倒在地上，头重重地撞在路面上的一块突起的石头上，鲜红的血，一下子从他的头上流淌开去。老张头再没有发出声音，也再也没有站起来。

小镇不大，老张头追城管队员出事的消息很快传遍了每个角落。

有人说，老张头自作自受，是他私拆了那里的厕所。

有人说，城管那些人，正该管理卫生，却不作为，老张头冤。

有人说，现在正值全县创建国家卫生城市，老张头可是最好市民，该追认为创卫英雄。

还有人说，该来一场暴雨，一下子就把那沟里的臭味冲散，吹远。

扫烦礼

耿林抽了一记耳光，正中脸上。或许是耿林用力过猛，对面的人头也被甩得转向左方。偏向左方也罢，竟然不转回来。更加怒火中烧的耿林，向前一步，把力气集中在手上，捧住那人的脸，一下子就给拧了回来。

耿林自己还没有站稳，又甩手给对面的人一个巴掌。被揍的人一声不吭。但是有红色东西从嘴角流了出来。

这并不能阻止耿林施暴。满腔的气涌动翻滚着。耿林发现墙角有扫帚，伸手抓过来，又是劈头盖脸地往那人一阵猛砸。那人还是没有发出声响。耿林提起右脚，向那人的胸口踹去。

那人弯下腰身，退了几步，又站了回来，在耿林的面前。眼睛没有动，嘴角也没有动，脸动了，精确地说，是脸皮动了，从整个头部上掉了下来。没有脸谱的"人"头，露出似真人的塑像。与脸谱一起掉在地上的还有一张写有名字的纸条。

没有了脸谱与纸条，耿林心中的怒气，也就消失得干干净净。

耿林拾起地上的脸谱和纸条，抓起屋里早准备好的剪刀，剪得粉碎。

把碎纸屑扔进垃圾桶里，本不是耿林的习惯，但由于时间尚早，为了避免残留的碎片留下痕迹，耿林小心翼翼地把这些纸片拾起，往垃圾桶里砸去。

就在耿林随意砸下去时，无意间，原来垃圾桶里的某张纸片闪了一下他的眼睛。

可惜耿林没有看清楚。因为在他有意识地想去看时，手里的纸屑已经完全地盖了下去。

这里的设计很人性化。之所以这样讲，是因为一番动手之后，肚子就会觉得饿。

外面就是餐厅。

这里的餐厅也别致。只有小包间，小包间就如写字楼里的小格子间。区别在于，各自的出口不同。

从餐厅里走出来，是半小时后，已经风平浪静的耿林，觉得心里格外舒坦。

上午的诸多不愉悦，特别是总经理的那狂风暴雨般的呵斥，让耿林气不打一处来。

不过，耿林很快就把怒气转嫁给了部门里的下属。抓住下属那点疏忽，耿林对下属劈头盖脸地一顿说，并不逊色于之前受到总经理的责难。

看着下属那般唯唯诺诺地退出去，耿林心里就很不是滋味。这算什么？只是换了一个人，把一切重演？

那挨批的下属又过来报告说要去送一份资料，耿林只是挥了挥手，话也没有回应一句，就让他去了。

下了班的耿林，打的飞奔到这久违的地方。于是，就有了开头的一幕。

在那假人浸出红色东西时，耿林心里的东西也溢了出来。红色的不是血。耿林明白。

耿林轻轻地晃晃头。

就在这时，耿林看见了一个熟悉的身影，在前方离去。

那几个小时前，挨过自己骂的下属。

下属的家不在这方向，送资料也不是这边。

刚刚觉得神清气爽的耿林，猛然想起垃圾桶里的那张纸片。

耿林心里一跳。他急忙返身回到餐厅服务台，表明自己想要回到刚才的操作室。

服务台的人员微笑着说："为了对顾客保密，再进去查找是不允许的。不过，如果要再进入享受服务，是可以的，但肯定不是进入之前那间。"

耿林急了，说："我有东西忘记在房间里了"。

服务员依然笑着说："进入操作间都是赤手的，东西您锁在置物间里，要去看一下吗？"

"那算了。"看着服务员职业微笑，再次走出门的耿林，觉得背心里一股凉意。

耿林回过身看了看，这里地处郊区，"扫烦礼生活馆"的招牌，不鲜明，也不耀眼，若隐若现。

一些人离开，又一些人进去了。

耿林觉得双眼有些模糊。